者致心

嫚 著

敦煌文艺出版社

图书在版编目（CIP）数据

行者致心/罗嫚著.--兰州:敦煌文艺出版社,2017.11（2022.1重印）
　　ISBN 978-7-5468-1294-6

　　Ⅰ.①行…Ⅱ.①罗…Ⅲ.①散文集－中国－当代Ⅳ.①I267

中国版本图书馆CIP数据核字(2017)第277462号

行者致心

罗嫚　著

责任编辑：杨继军
装帧设计：孟孜铭

敦煌文艺出版社出版、发行
地址：（730030）兰州市城关区曹家巷1号
邮箱：dunhuangwenyi1958@163.com
0931-8121700（编辑部）
0931-8120135（发行部）

北京一鑫印务有限责任公司印刷
开本 880毫米×1230毫米　1/32　印张6.5　插页10　字数112千
2017年12月第1版　2022年1月第2次印刷
印数 1 101~3 100

ISBN 978-7-5468-1294-6
定价：49.00元

如发现印装质量问题，影响阅读，请与印刷厂联系调换。

本书所有内容经作者同意授权，并许可使用。
未经同意，不得以任何形式复制转载。

罗　嫚

　　罗嫚，山东聊城人。1997年赴美，现居美国纽约。
　　系文化教育、法律咨询、商务管理、国际物流等多部门的负责人和投资人。现任"中美文化交流协会"会长职务。在中美两国的文化、教育、金融、传媒等交流中发挥了桥梁作用。

　　此书是作者的第一部散文随笔杂谈，献给多年来所有喜欢我关心我的朋友们！

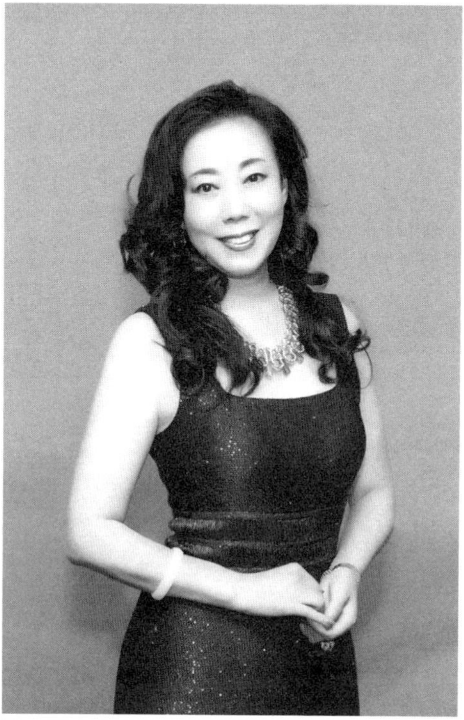

序

生命，从一开始就是在行走。

行走在天地万物间，行走在无隙时光里，行走在父母的期盼里，行走在美好与凄凉中，行走在幸福与欢笑里。

行走在未所遇见的人和事之中，行者无疆，行者致心。

从熟悉的城市一隅到陌生的全新世界，从一个国度到另外一个国度，都是一个个未知的脚印在等待你走过。

偶尔，当你窥视那一抹灵魂的感动之时，生命依旧充满温暖的底色，静默如花，浅浅绽放，深远而漫长。

行走在时光里，你会发现，它似乎正在栉风沐雨般地驰骋在律动的年轮轨道中……

抑或，都经不起我们回眸一瞥！

在这个喧嚣的时代里，行走在浮躁与不安里，行走在惊喜与意外中……

但是，当它们在某个秒间褪去华丽繁琐的外衣时，依然会静默般回到最原始的初心。

那些以梦想为名呐喊过，遥想着，奋力追逐着的璀璨之物最

行者致心

终会被文化静养；一念成沧海，一语化桑田。

　　于是，你会发现自己内心所迸发而出的力量，所散发而来的光芒足够强大，正是因为致心而行，践行而过。一路以来，懂得享受沿途别样的风景，汲取文化所给予的力量与精髓，才能够让内心平静却又不失丰硕，笃定且又心安，犹如一抹温暖的春风和煦迎面而过。

　　也正如我一直以热血与梦想行走在这个国度温润的土壤中，邂逅并钦慕文化所给予的魅力与内涵，仿佛已经行走在未来历史的封册里，在文化的殿堂中隐隐发光。

　　偶尔，凝视着一座座城堡，仿佛一帧帧油画，如同从千年之前走来，糅进我的足下，双手供奉，诚心携起华夏文化踱步在美轮美奂的远方里，如诗歌一般惟妙惟肖。

　　远离家乡，阔别祖国。有时会被最纯真的一句乡音揉碎内心的那一抹坚强，心底最柔软的地方被深深触及，耳边倏然间飘过的那一袭想念，甚至会秒间勾勒出儿时伙伴的模样，或是青春年少时那个喜欢的男孩皓齿间印出的阳光笑容。一些千丝万缕的情绪牵引着思绪的两端，从北美越过滑至中国，五星红旗鲜艳的色泽倏然间映红了眼眶。

罗嫚
2017 年 10 月 10 日
美国·纽约

目录

夕阳西下	/1
时光沉寂	/4
所舍所属	/7
望阙花开	/11
静思而行	/13
优雅知性	/15
男人是鹰	/18
修行至尚	/21
时光懈怠	/24
人生如戏	/26
青春永驻	/28
自我强大	/31
素养心情	/34
暖色回忆	/36
520，我爱你	/38
父爱如山	/41
母爱如泉	/45
一蓑烟雨	/47
净度春秋	/49

年华悠悠	/51
童年影像	/53
淡定从容	/55
披荆斩棘	/57
人生真谛	/59
热情沙漠	/63
福音普照	/65
端午安康	/70
故地重游	/72
唯我一人	/74
气味相投	/76
时光荏苒	/78
爱又奈何	/80
父亲您早	/82

长岛如梦	/84
缘来缘去	/86
艺术之情	/87
王者归来	/89
慢慢变老	/91
灵魂远去	/93
满江风雨	/97
财富心态	/99
花香人家	/101
脉脉私语	/103
娓娓道来	/105
朋友之情	/107
忘却烦恼	/109
盛年复来	/111

盛年再来	/115
遇见真我	/119
万紫千红	/121
珍惜当下	/123
风华无双	/125
比翼齐飞	/127
赢得人生	/129
浪花无痕	/133
俏丽时尚	/135
天妒过客	/138
不亦乐乎	/140
人生几何	/142
粉红回忆	/143
偶遇涟漪	/144
重演人生	/145
总有清风	/147
精神高贵	/151
清风明月	/153
花自飘零	/155

		春雨沐浴	/189
		风花春月	/191
		三月春光	/192
		春天来啦	/194
		有忆相陪	/195
善待生灵	/157	岁月如梭	/196
清风拂面	/159	真诚默望	/197
风轻雨雾	/160	春花秋月	/201
宁静致远	/161	孤绪春愁	/202
嫁给幸福	/163	明媚春天	/204
流年似水	/165	LOVE FOREVER	/206
感谢有你	/166		
生死曲终	/168	雪花之乐	/207
人生态度	/169	细雨霏霏	/209
文字感悟	/170	感恩常在	/210
奔跑人生	/172	春节序曲	/212
人生梦醒	/174	一缕阳光	/214
人生有梦	/176		
人间有情	/178		
人间有味	/180		
春天味美	/182		
年华静好	/184		
往事之幕	/186		
幸福荡漾	/188		

"在红尘中行走，用灵魂兑换灵魂，用目光和目光交换，这本书就是用这样的方式接近你，如同花朵接近春天……

——阿紫

夕阳西下

从朝阳晨曦到落日余晖，眼前这片江面上的美景似乎时刻都会浮现。唯独夕阳斜射，束束光环能够真切到令人静心而立，悠闲忘世，漫步于岸。耳机里重复的音乐，是一首老歌，百听不厌。琴弦声里的慵懒音符透着一点忧伤，连思绪也变得悠长而涣散。

微风迎面。不由得吹拂起年少之时的思绪，坐在书桌前，翻阅着语文课本，曾认真背诵过的耳熟能详的那首小令——枯藤老树昏鸦，小桥流水人家，古道西风瘦马。夕阳西下，断肠人在天涯。

而此刻，映入眼帘的却是炎热夏日临近傍晚，青草花簇飞燕，台阶石壁如画，夕阳西下铺水中，半江瑟瑟半江红，暖心人在海角。

夕阳西下之景，如此的心境不由得令人唇角微翘，会心的笑容幸福而又快乐。并不像小令里描述的凄凉的秋天，夕阳西下时旅人凄苦的心境。眼前的一切，仿佛是一幅幅气势浩瀚的画作，律动般印染着，在画家临摹创作之灵动的身影下透出一抹磅礴大气之韵律。江面波波粼光,透过夕阳晕染开来,像是水面浮莲。起身,踱步,夜晚降临,瞥见星光……

夜空中繁星璀璨,夺目养心。仰望许久,能够感触到它们正如遇见的友人一般围绕在身边。

而遇见的人多了,逐渐地领会到什么是"天外有天人外有人"之警句的箴言魅力所在。我们必须得时时提醒自己,谦卑是一种态度,更是一种修养。

遇见的经历多了,会发现处处皆学问,但要时刻学会摆正自己的位置。毕竟权力是一时的彰显,金钱是身外的标签,唯独身心健康才是最珍贵的臻品。就像此刻,落日的江面上,微波粼粼,赏景才是养心的最佳之道。

任何时候我们都不能自视清高,做人是一门学问,是岁月长河中的缓缓沉淀。人生在世,言必信行必果,播种下的行动就会收获习惯;播种下的习惯便会收获性格;播种下的性格便会收获命运。成长路上请别盲目承诺,习惯造就一个人的成败得失!

人类生存环境除了人之外就是事,自己能解决的问题,就别把问题扔给别人,尊重独立性,不侵犯他人,才能和谐快乐地生活。人与人相处,能够认识别人是一种智慧,能够被别人认识是一种幸福,能够认识自己是圣者贤人。所以,凡事三思而行，朋友是感情的互惠，人脉更多是一种个人感情，别轻易放弃任何机会，多与人交流互动是一种必要的能力体现。我们都在生存与发展，无论个人能力还是团队能力是需要彰显出个性且能融合，正如帮助人是一种崇高，理解别人是一种豁达，原谅别人是一种美德，服务别人是一种快乐！当然，得到别人的理解或欣赏更是一种幸福！

  月圆是诗，月缺是花，仰首是春，俯首是秋。

时光
沉寂

时光的痕迹,于苍茫中轮回,韵在心涧,婉约成诗,编织成梦,凝聚成寂。日出东方,夕阳西去,微风随起,冷暖随行。

想必是夜里赏景过于沉醉,那一抹沉寂的时光在梦里又数次出现,似乎是在等待遇见一个更加卓越的自己,虔诚地期待一场盛世夏末烟雨。行走许久,你会发现,所谓的关心,其实并不需要甜言蜜语,时时处处提醒就好;真诚的友谊,不需要朝朝暮暮,偶尔想起记得就好;问候,不需要语句优美,节日来了衷心祝福就好;爱护,不需要刻意表现,想起惦记温暖就好。朋友,淡淡交,慢慢处,互相关注才能长久;犹如感情,浅浅尝,细细品,相互依存才有回味。朋友如茶,慢慢细品;相交如水,纯纯淡沫。

一份好的缘分,这是随缘;一份好的感情,那是随性。有人喜欢烹饪,每一道经典的美食,无一不留下爱的味道;正如,有人喜欢中国画,那一幅幅水墨丹青无疑不仅仅是智慧的聚焦;有人喜欢老照片,那一张张泛黄的身影,留下自己成长的印记;

更有人喜欢旅游,浏览过的每一处名胜古迹,无一不散发着人文历史气息令人流连忘返。经历过的、遇见的都是最美好的时光。即便路途中,有时会惆怅会迷茫,更遗憾的是美好时光也总是瞬间过往。又正如,记忆的片段中儿时的旧城楼也早已搬迁拆毁,那条熟悉的街道也早已消失不见!心底倏然间泛出一种莫名的失落感……

这种感觉,恍惚间随时光沉寂在岁月沟壑的最深层,像一抹无形的影子,牵扯着内心,向远方无限延伸。

仰目叹息!人生如梦,却总有一种灵魂相契。站在如约的渡口,共赴一场精神盛宴;也总有一种善良的温暖,携一缕心底的阳光,照亮人生旅途与未知的前方!

恰似在周末,冲一杯咖啡,品一段人生香醇,语一段心灵鸡汤,沉寂在思绪里遇见最舒心的一席时光,回味梦境,细语轻声,从世间漫过。

和煦沉寂。沿着这一季的足迹,温一盏茶香,旖旎于沉寂的思绪里,做真实的自己。临窗而坐,执笔,落墨,与最美的心性,轻揽掬起。点滴的情绪,凝聚在笔墨里,深深浅浅地记录着一段时光里的寂静,不经意间丰盈了心绪,收获了情意。日子,越走越远,越走越清寂,随赋诗一般的烟火,栖息在心底。

起身推窗,深吸一口气,清风吹起心曲,朦胧的天色,清露凉意，薄雾未散。唯有微黄的灯光，映着雾气，将长岛的四周印成水墨画般美丽。对世间的繁华与落没，无需太在意。为自己留取相临最近的一抹烟火，修篱采菊，种植在阳光里的美景，终将不负这一生的好时光。

所舍
所属

午后,驱车驶向华盛顿。其实,也没有什么特别的要事,只是想去探望久未见面的一位好友。品茶聊天,笑谈轶事。倏然间会发现,似乎我们都被时光辜负过,又被命运眷顾着。我们的人生精彩而又平凡,像是一段细碎的故事,拼拼凑凑!更多时候,又是一场盛装出席的饕餮盛宴,隆重而又华丽。但不管面临怎样的境地,我们应该懂得所舍所属,人无所舍,必无所成。一个人能抓住和放弃希望的只有自己。怨恨、嫉妒与不满只会让自己失去更多。无论成败,我们都要找理由为自己喝彩!跌倒了,失去了,不要紧!奋力站起来继续风雨兼程,且歌且行。用智慧擦亮双眼,不让迷茫蛊惑了初心,心中有彼岸,就会有渡口。

活着,经历着,坚持着,本就是多么可喜的事。更多的时候,人生是一场艰难的跋涉,要经历各种各样的苦痛折磨,但没必要将苦处放大,也没必要怨天尤人。若浮躁过甚、浮夸过多、浮华过累,欲壑必定难填、心境难平、负赘难卸,终劳力伤怀,徒增烦忧。人生需要爬坡过坎、涉险渡困，无须心耿于一处，驻足于一地，唯苦中寻乐、转苦为乐，方能拓宽视野、壮阔胸襟，看远了轻松点，想开了超脱些，活在当下！强者永远是那个含泪奔跑着的勇士，要相信物质的美好，但不要倾其一生；相信人与人之间的真诚，但不要指责虚伪；相信努力会成功，但绝不要逃避失败；相信命运的公平，但理性对待没有绝对之公平。上帝在为你关上一扇门的时候，不管是否及时为你打开一扇窗户，都要学会给自己画一扇窗，继续砥砺前行。

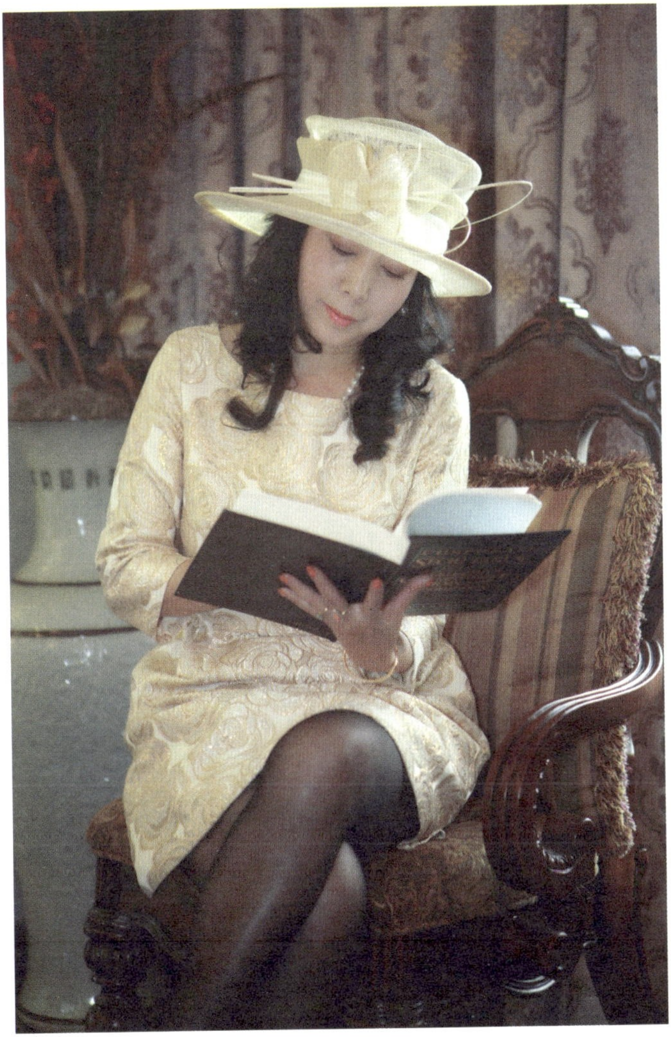

望阙花开

轻敛眼眸，望阙花开。忽明忽暗之隙，昙花不及云烟里，一笑倾城陌，再笑倾城屿。今昔一路风熠醉，芬芳自有年华香。

好比与优秀的人、德行好的人、有智慧的人同行。有一天，你会发现能够遇见更加卓越的自己。与优秀的人尽可以放心交往，因为他能散发正能量；与一个德行好的人同行可厚德载物；与智慧者在一起他的智慧能照亮你的未来；一个生命有质量的人，尽可诚心与他成为知己，生命会逐渐变得有高度、有宽度。所以，与智者同行，与善者同频。不断地学习修行，努力做好自己，方可梦想成真！

可谓，你若盛开蝴蝶自来。秀外慧中，气质非凡。著名作家贾平凹先生曾说过："一个人的气质，并非在容颜和身材，而是所经历过的往事，是内在留下的印迹，令人深沉而安谧。"君言由此说明，每个人的外在之美是有局限性的，再美，也美不过草原之美；再阔，也阔不过蓝天之宽阔；再深，也深不过大海之浩瀚，再雅，也雅不过花心之馨蕊。

对于优质生活的定义，并非一定要住英式洋房，开德国汽车，戴瑞士名表，穿意大利西服，吃法国大餐，抽古巴雪茄。而是通过孕育在生活中的诸多细节去徐徐展现，当每一个细节、每一个侧面都折射出无尚高雅的光芒，你的全部生活和整个人生便如钻石般璀璨。就像女士拎着Senreve包包非同一般！

此刻，虔诚地祝福朋友们，愿你们的心怀像草原一样美丽，如蓝天一样宽阔，像大海一样深邃！正如优雅不是装扮出来的，是一种阅历的凝聚；淡然不是伪装出来的，是一段人生的沉淀。

遇一路时光静美，从素雪纷飞到细雨沥沥。遇见，转身。重逢，挥手。时间煮雨，随四季变幻自然洗涤着你的灵魂，渐而让它变得无比动人。控制好脾气，让岁月蒸发一切不堪，做一个有修养的人！岁月便不可轻易荒唐你而负了好时光。如同生如春花之灿烂，死如秋叶之静美。在时光里享受温暖，在流年里静守花开。

时光流转，望阙花开。默守人生的馨香宁静，与时光对饮，赏四季明媚，不骄不躁，不悲不喜。

静思而行

静坐常思己过,闲谈莫论人非。

当今社会,能受苦乃为志士,肯吃亏不是痴人,敬君子方显有德,怕小人不算无能,退一步天高地阔,让三分心平气和,欲进步需思退步,若着手先虑放手,如得意不宜重往,凡做事应有余步。事临头三思为妙,怒上心忍让最高。切勿贪意外之财,知足者人心常乐。

学会接受残缺,是人生的成熟。人无完人,缺憾是人生的常态。有成就有败,有聚就有散,没有谁能得天独厚,一手遮天。鱼和熊掌,不可兼得,这是人生的无奈。成熟的人,能淡然地面对一切不完美。所以,不强求不执着,凡事尽人事,随缘而安。追求完美是美好的理想,接受残缺是美好的心态。

与我年龄相仿的人们似乎都已经离开了青年行列,在此提醒大家,尤其是当下的年轻人,最好不要过分关注社会的阴暗面,否则,有可能内心会越来越分裂,慢慢侵蚀掉积极向上的力量,滋生阴暗。无论周遭环境多么地糟糕,都有我们可以掌控的部分。

世间事，向来都不会出现糟糕透顶的局面，也不会出现比想象中更完美的现实。

社会变革可能需要上百年的时间，但我们的生命最多仅有百年之余。所以，请在有限的时间，尽可能做我们能够掌控的事。尽人事，听天命。一切都将是最好的安排！

静思而行，静思而虑，尽心而为。你会明白，生命其实就是一树花开，随季节或宁静致远，或苍古热烈，或静默安然，或勇往直前。时光在岁月的年轮中日渐丰盈，在漫长的行走中渐次厚重。那些曾经跃动的思想和静美的灵魂，终将在人生历经的繁华与落寞中，一边书写残缺，一边临摹完美。

当你屹立在景色阑珊处，感受日暮苍穹，便会瞬间懂得人生的某个时段，能真切地感受到生活所散发出来的无限希望与美好。于是，生命中不期而遇的人和事便会出现。至于，生活中不可避免的那些留白，也会在时间的洗礼中自寻求证，豁然间浮现出一宗明朗的答案。

静思相守，寻一方净土安放心灵，或是半亩方塘，或是一处世外桃源。扰去三千愁丝，在云淡风轻里回归心灵宁静，默读花草树木，感受世间万物，舒缓有度静思漫行，让心灵感动温暖如初。那些曾经刻骨铭心的痛，海誓山盟的念幻终会不带一丝繁华沉寂在一抹淡然与静思里，将流年里的岁月打磨成生命中最美丽的风景。

优雅知性

每个女人，想必都想拥有高贵与优雅之韵。于是，有钱了便去购买奢侈品，拼命往自己身上堆积昂贵的东西，貌似找到了一种高贵的生活方式，然而真正的高贵与优雅真的只需要奢侈的生活方式去体现吗？真正的高贵与优雅到底是什么呢？它的实质内容是什么呢？

恕众人醒，它应该是一个人在巨大的压力之下，仍然保持和拥有一份可贵的勇气和淡定的心态。

记得美国著名作家海明威说过："勇气是在压力下仍然能够表现出优雅。"因此，高贵优雅不是外在东西的点缀，而是你面对他人乃至整个世界，能够表现出最真挚的善良与宽容，还有骨子里的坚强与淡定，尤其是宠辱不惊的定力，这一切都是源于精神的力量。

犹如，坚持阅读，就是获得这种力量的最有效方式。好比在仲夏苦夜短，开轩纳微凉间，将最美好的祝福化成一抹感动，每一次都让自己蜕变得更加优雅，更加知性，直至魅力无穷。

优雅是一种气质，类似于美丽。只不过，美丽是上天的恩赐，而优雅是艺术的产物。知性是一个人内在的文化涵养自然散发而出的外在气质，能够感官上看得见。所以，优雅是从文化的陶冶中产生，也在文化的陶冶中发展。

知性女人举止优雅，让人赏心悦目，待人处事落落大方，用肢体语言展示出自己是一个时尚、得体、尊重别人、爱惜自己、懂得生活的达人。她的女性魅力和处事能力一样令人刮目相看——自强、自立、自信的新时代女人。

知性是优雅女人的专利，经历多了，故事就多了，这便是财富。有了这些"财富"，心里便少了许多茫然和焦躁，无意中会流露出一种岁月历练后的美丽与聪慧，自信与大度，睿智与善良。

也许，我们不再去光顾酒吧，不再通宵达旦地饮酒作乐。可烛影摇红中，与朋友对饮，在一曲舒缓的萨克斯音乐里轻轻举杯，细诉陈年旧事，聊谈别后经历。然后在一曲《回家》的旋律里慢慢转身，留给彼此一个思念和祝福的背影。

女人似水，年轻靓丽的女孩儿，好比山涧里欢快奔流的小溪，活力四射；而知性优雅的女人，婉约有致，内涵丰富，像宽阔平稳的江河，虽然浪花少了，色彩淡了，可积淀多了，韵味足了。

知性女人感性却不张狂，典雅却不孤傲；内敛却不失风趣。

一如娱乐圈中的蔡琴、张艾嘉，她们虽算不上天姿国色，但却都很有才情，而且温和、清爽、真实。一如她们的歌声，飘散着温润的芬芳，愈品愈香浓，其中不仅有藏不住的妩媚动人的女人味，还沁出了淡淡诗歌情怀……

常言道，知性和年龄有关。女人30岁之前是张扬的、单薄的；30岁之后是内敛的、饱满的、丰富的；这也和阅读有关。对书钟爱的女人能收获思想，收获人生感悟，从而可以从容地观察和应对世界。知性女人，就像一块开琢的璞玉，经过时光的打磨，越发显得晶莹、圆熟。让你时时感到美丽绵延无绝期，青春辗转不尽头。知性，在青睐女人的同时，也被女人吸纳，令女人独具内蕴，呈现完美。

男人是鹰

记得有一次,在一个论坛视频里,一位讲师幽默风趣地同台下观众互动,兴致勃勃地问道:"据说,这个世界上有两种人,除了富人和穷人,请问还有哪两种人?"

有一位女士乐呵呵地回应道:"还有,男人和女人!"

即刻,惹得在场观众捧腹大笑。

的确,世界上无非就是两种人:男人和女人!

撇开远古时代的母系社会,如今女人也经常把男人比做山,比做天,比做地。同时,女人又若有若无地给男人设置了一些所谓的标签。比如:"男人就该雷厉风行,言必行,行必正;不需太帅气,但要有风度,要有修养,要有内涵,要有底蕴;可以不用才高八斗,学富五车,但要有一技之长,能够养家糊口;男人要有自己的目标和追求,头顶天脚踏地。可以失败,却不能自甘平庸;要有责任感,无论是对事业还是对家庭,对父母妻儿还是朋友兄弟,要担当起应有的职责;还应该强悍,社会上鱼龙混杂,充满了危机和诱惑,若意志力不坚定,便容易被击败，被打垮；应该勤奋果敢、力争向前；更应该沉稳冷静。沉稳，也是男人区别于男孩的标志，而冷静，可以让你最大限度发挥优势，降低风险，显得更加成熟。所以不要惯于解释，有时候沉默确实是金；男人是家人的依靠，要有山一样的脊梁，经得起磨难、受得了打击，拼搏终生，实现理想，完成梦想。"

到此，我想说的是——男人是鹰。男人要像雄鹰一样自强不息，搏击长空！翱翔万里！

据说，历经岁月，雄鹰升级为老鹰，它是长空的霸者，寿命可以直追人类，且是世界上寿命最长的鸟类。雄鹰想要获得长寿，须在40岁的时候做出一个艰难的决定。当它的爪子开始老化，无法有效地捕捉猎物。它的喙变得又长又弯曲，几乎碰触到胸膛，而它的翅膀也会变得异常沉重，因为这时候它的羽毛已经又厚又重，飞翔十分的吃力。这时候的雄鹰只有两个选择：等死或重生！

若要重生，需用尽最后力气飞到山顶，经历150天，先用它的喙击打岩石，直到完全脱落！然后静静地等候新的喙生长出来。然后用新长出来的喙把指甲一根根的拔出来！当新的指甲长出来后，它们便把羽毛一根根的拔掉。五个月后，新的羽毛就会生长完毕，老鹰就能重新回到长空翱翔！这样它可以再活30年。

鹰的重生，虽说是一个励志的故事，但在大多时候，这个故事又代表着一种坚不可摧的精神，象征着一种坚持已久的毅力与生死蜕变。不仅男人像雄鹰，女人也更应该学习历练，彻底激发我们的潜能创造新的未来。

修行

<small>至尚</small>

前几日,因一件琐碎之事,朋友跟我侃侃而谈"修行"的话题。虽有小题大做之疑,但也是有理有据。毕竟,我们每个人都是社会团体之人,要时刻警醒自己,漫漫人生路,需修行前往,方能长远。

正可谓,宁静可以致远,淡泊可以明志。

试问,有谁可以真正做到——吾日三省吾身?

古人云:"修身齐家治国平天下。"

凡事之本,必先修身。修行必先修身,修身也就是我们常说的练就修养之所在。

谈到修养,在我看来,它是一个复杂的问题,它的基础部分与教养重叠。以小事打个比方,不随地扔垃圾,不在公共场合大声说话,擅于倾听,擅于赞美,擅于以契约的精神来处理当下。

只是,修养与教养最大的区别是,教养是习惯,是原生家庭与学校教育教化的结果。而修养是智慧,是不断战胜自己的占有欲与好胜心,慢慢稳妥,慢慢宽容。把坚石一样的自己,打磨成温润的璞玉。

真正有修养的人,从不对他人的生活指手画脚。他们获得尊重的方法不是去驳倒谁、战胜谁,而是用尊重换取尊重,以自由交换自由。

两个有修养的人在一起生活一定是美好的相遇。不管爱情最终有没有变成亲情,至少我不必变成你。有些人貌似表面对你很好,却永远都在干涉你、管教你,希望你成为他的影子,甚至是影子恋人,这种爱是自私的、浅薄的。

一位被誉为"用音乐写作小说"的作家,德高望重的罗曼·罗兰先生早期就指出过——没有伟大的品格,就没有伟大的人,甚至也没有伟大的艺术家、伟大的行动者。

认清生活,热爱生活,以良好修养和健康身心去面对,我们才能以愉快的心情遇见美好!遇见你想遇见的人和事!一定要做到己所不欲勿施于人;勿以恶小而为之,勿以善小而不为。犹如古人修身养性之信条——天行健,君子以自强不息;地势坤,君子以厚德载物。

君子成人之美,不成人之恶。在我们的朋友甚至是敌人遇到挫败困难时,不要以冷酷的眼光甚至残酷的方式推波助澜。抑或,当我们被他人误解时,一定要做到君子求诸己,不可为小人求诸人。从而坦坦荡荡，不怨天，不尤人。

有一位年轻朋友曾以开玩笑的口吻说过："你若安好，我的世界便是晴天！你若一直安好，我们的世界便是晴天！"

修行，是一种美德，更是一种习惯与时尚！

正如，玉不琢，不成器；人不修行，不可为道。

时光懈怠

岁月静好，心安然。花开无声，静默情。

遥望，或是千年的注定，亦是永恒的美丽。穿越时光，捻碎流转在最深的红尘里。相遇，隔着距离，任所有的温柔、想念自由摇曳。安静，微笑，在阳光下，亦如从前的洁净。以一朵花的姿态，为你伫立成一世的风景，于指尖的光阴中，守望一场心与心的约定，携一份清风细雨的浪漫，铭记一路相随的暖，让心中的季节，带着阳光和雨露清新融合，与花香相拥，与时光对饮，以风的洒脱笑看过往，以莲的恬淡随遇而安。在春花秋落间，愿琴瑟在御，岁月静好。携几分厚重，待些许惆怅。期盼着、期望着，期待千年一梦，聚心相见。

人与人之间，可以近也可以远；情与情之间，可以浓也可以淡；事与事之间，可以繁也可以简。学会不在意，约束自己，把该做的事做好，把该走的路走好，保持善良，做到真诚，宽容待人，严以律己，其他一切随意就好！

想必，与你无缘之人，与他话语再多也是废话；与你有缘之人，你的存在就能惊醒他所有的感觉。一份好的感情或友谊，不是追逐而是相吸；不是纠缠而是随意；不是游戏而是珍惜。

路，不通时，选择绕行；心，不快时，选择看淡；情，渐远时，选择随意。有些事，挺一挺，就过去了；有些人，狠一狠，就忘记了；有些苦，笑一笑，就释怀了；有颗心，伤一伤，就坚强了。

人生，就像蒲公英，看似自由，却身不由己。有些事，不是不在意，而是在意了又能怎样。所以，人生没有如果，只有后果和结果。

成熟，就是用微笑去面对一切，迎接一切。

待日月轮回，时光已然绝尘而去。一缕缕懒散的清流与晚霞与弯月同眠之前，仰目眺望袅袅炊烟，沐浴朝圣的霞光咏吟心底的红日时，俯瞰足下的河山峰峦，山河、大漠、绿野绘制成无限的景致，在狂野而又温馨的无际里感慨，谈笑风生，让贪婪和欲望重负消散。

斟酒一杯，与自己来一次空前的对饮，醉美时光，忘却万象，静默朝阳，以一种常态，待时光懈怠，则安然无恙！

人生如戏

人生如戏常失意,忧愁苦闷挥不去。踏入红尘无限路,强颜欢笑人前戏。戏如人生韵和色,喜乐悦心招之来,戏幕恍间又如戏,瞥见人生细品戏。

人生如戏,演绎五彩缤纷的世界,临摹时光掌控生活。生活可以设计,人生无法预料。享受当下的生活,畅想未来的人生,其实是一种不错的生命状态。过了的生活,才是已有的人生;未来的人生,却是还不曾经历的生活。生活是人生的养料,人生却并非生活的叠加,而是生活的蝶变。对于一年的光影而言,半年便是众多结算周期里的一种,遗憾或是圆满,已成过往;努力方可成就未来的时光,不懈怠、不留遗憾给生活!

即使他言——人生若只如初见,何事秋风悲画扇?等闲变却故人心,却道故人心易变。心语罢,清戏如幕。字字如金,话美景。

有人说,人生如戏,全靠演技。"演技"虽包含了很多,有表面的敷贴也有内在的实质。但是,不管你是否愿意,一生都要扮演并完成好自己的角色。只是，相比而言，有人戏份多，有人戏份少；有人做主角，有人做配角；有人做好人，有人做坏人；有人长命百岁，有人昙花一现；有人荣华富贵，有人饱受疾苦；有人一帆风顺，有人一世坎坷；有人谢幕，有人出场；有人死亡，有人重生。

然而，生活毕竟不是演戏，戏里的人可以死而复生。而现实中，死亡代表生命的结束，不可复生。面对现实生活里的生生死死，我们只能像戏里一样，坦然从容地接受，仍然得依照人生的轨迹好好演下去。如果一切都不能强求，就没必要挽留。只能把握那一刻的存在，将自己的角色演好，演绎出独特的风采，实现人生价值。

戏如人生，人生如戏，两者那么相近却又不可能相同，如幻亦真。舞台天地小，人生大舞台。在这个舞台上，无人能准确地预测自己的将来，也无人能控制别人的命运。能做的就是开心愉快地过好今天，把握当下。勇敢坚强地面对明天，明天依旧阳光灿烂。

犹如苏轼的词《念奴娇·赤壁怀古》——"大江东去，浪淘尽，千古风流人物。故垒西边，人道是，三国周郎赤壁。乱石穿空，惊涛拍岸，卷起千堆雪。江山如画，一时多少豪杰……"演绎时代与人生的感慨。神游于此，相必千古至今，唯有一樽还酹江月，方可糊涂人生，一樽对饮品味人生如戏，趣味其中。

青春永驻

青春,对于年轻人而言,是一个充满张扬塑造个性、充满激情捎带叛逆的人生阶段,从开始自恋憧憬未来,都充斥着荷尔蒙,奋力奔跑在未知年华里的一段美好的人生启程。所以,年轻的小伙伴经常会说:燃烧吧,我的青春!

青春,充满着无限可能与挑战,是开始奋力追逐梦想的时段。它是一股涌动的激流,悄然而来!正如,比尔·盖茨13岁开始计算机编程设计,18岁考入哈佛大学,一年后退学创办微软。至今,霸居世界首富之位。当然,盖茨不是普遍现象,但却可以说明的是,青春能够创造奇迹,实现梦想,乃至改变世界。

舞动青春,多姿多彩,驰骋无疆,年华似锦。青春的每个音符组合在一起便能演奏出一首动听的曲子!

青春,靓颖无可比拟,是不可重演的人生精彩时光!

有位年轻的朋友曾说过——青春正好,只是稍纵即逝!刚要成熟却要老去。

其实,青春更多的时候是一种心态!心态决定状态,所以,同喜欢的人做适宜的事,以十八岁的心态对决八十岁的暮年。

就像我的父母,现如今已是高寿。但他们永远像年轻人一样,充满活力,思维跃动,快乐至上,容易满足从不挑剔。他们的笑容依旧天真无邪,可爱如初!

以青春永驻的心态与状态,将每一次的行走,都当成人生中的一次收获与跋涉。从日出时分到日落余晖,遇一路时光静美,从素雨纷飞,到细雨沥沥。几许欣喜,几多哀伤,流年一笑,只留一声唏嘘。

行走,转身。重逢,挥手。苍烟寂寂。美景,婆娑,迷离。旧年里,那些沉睡的梦想与回忆已绿肥红瘦,欲语还休。青春频频回眸,一剪琉璃影,一把油纸伞,落在了谁的烟雨江南?唯有,致青春!

那些青春年华里誓为梦想呐喊过、奋斗过的足迹,都是青春最繁华的痕迹。虽然,有时候,你偶尔会发现它貌似与你反向而行。殊不知,一切都是最好的安排!

至于青春里印记的那些疼痛,或许,在某个时刻,在我们的潜意识里早已变成另类的美好!正如海明威曾说过:"伴着痛楚和温柔的伤害搏动,就像你消失在阴郁的黑暗。现在,你从夜色中现身,面容严肃和我躺在一起,一把迟钝、冰冷、刚硬的刺刀,横在我火热跳动的灵魂之上……"

行者致心

拥青春最好时光入怀,一定请记得奋力播种希望,奔跑在收获成长的人生蓝图里,让青春遇见一切不可能,青春不言败,做自己人生最美的行者,不枉此生走一程!

自我强大

生活中，会不断有新命题出现。更多的时候它将带着一种磨砺席卷而来，让人措手不及。

所以，每当这个时候，就需要不断安慰自己，始终要相信这是上帝赐予的使命和礼物……

每逢此刻，磨砺意志、自我强大将是重中之重。

自我强大，始终能够接受最坏的意外与惊险，同样也能够享受最好的惊喜与礼遇。而且，无论出现哪一种情况都能坦然应对。

当然，这种坦然应对并不是出于无奈的接受，而是心平气和，心底毫无波澜地面对。

纵然，我从不需要借助外在物质的东西来增强自信心和安全感，比如，不是开着保时捷或是住着山顶别墅。不刻意伪装、显露那些原本不属于自己的标签，真实面对，不虚荣不浮夸，做真实的自己。

况且，每个人都有自己的精神世界，不管身处古庙还是皇宫。

不要因为物质的存在而轻易改变价值观。对于事情的看法要有独特的见解和追求。能够认识自己是普通的大多数，而且有可能一辈子都是普通的大多数。不做挥斥方遒指点江山的壮举。何况，无人能立即改变世界拯救宇宙，心态平和努力做自己的超人。

以尽人事听天命的态度去处理和面对许多问题与难题，任何事不要有太多执念，顺势而为，逆势而上。理解身边不同人的不同角色，继而发现不同众像，以包容之心对待。将心比心便是佛心，以佛心普度众生。此刻，诚心祈求人人皆喜乐，开慧明智，远离苦难！但愿——老当益壮宁移白首之心，穷且益坚不坠青云之志。

况且，在所有的人际关系中，很多人忽略了一点，那就是和自我的关系，一定要认识到并掌握好与自我关系的紧密性和重要性。所以，一定要照顾好自己，变得自我强大！

趁时光不老，一定要做正确的、有价值的事情。更多的时候，千万不要害怕孤军前行。想方设法打破一切阻碍，加快坚定有力的步伐，追求卓越，成为最好的、独一无二的自己。

但是，在自我强大之时，一定要原谅和宽容那些不曾善待你的人。这是一种至上的品格，是自我强大的表现。因为原谅本身会将你所有的力量投送到未来，而不是与不好的过去纠缠不清,深陷其中。

　　强大自我必定能坚持自我,即便失败,也能从失败中崛起。生命中的每一天都是人生道路上的一道风景线,是独特的一页篇章。

素养
心情

心情不是人的全部,却能左右人的全部。我们常常不是输给了别人,而是输给了心情。而好心情,其实是一种素养。它告诫我们,其实很多时候有些事情可以不必去理会。不去抱怨,笑看花开即是一种好心情,静看花落也是一种好境界。

人生无尽的悲欢离合,不过是不同的心路。有遇见,就有分别;有惊喜,就有遗憾。与其抱怨,不如祝愿。人一生的际遇,都不是偶然。命运其实就在我们心中,灿烂抑或愤懑,都是你内心的图景。你满怀希望,它就给你希望;你总是失望,它就给你失望。与其失望,不如期望。

不去计较,走过的一生,都是故事。而故事只应用作欣赏,不应成为纠缠。得之,幸也;失之,命也。与其计较,不如受教。人生这场盛宴,真正让人铭记的,不是到口的美味,而是萦绕在心的滋味。

好心情其实是一种素养,不抱怨、不失望、不追逐、不计较。

万事在心,这份素养,你得自备!犹如,雪花冷灿而纯净清寂，雨水纷纷扰扰，像极了某个时刻的心情。

　　我们向往美好，追求完美。时光不语，素养心情，一路向前。生活，过的是心情。犹如人食五谷生百病，情因多疑而难撑。所以，素养心情，想开了，乌云尽散。看淡了，一片晴天。

　　人生就是一场旅行，不要太在乎目的地。随遇而安，随心而行，行走在人生里，无须携带太多……

暖色

回忆

回忆，是一张又一张褪色的老照片，记录生活的点点滴滴。

生活，一半是回忆，一半是继续。

心静了，才能听见自己的心声。

心清了，才能照见万物的实性。

不甘心放下的，往往不是值得珍惜的苦；苦苦追逐的，往往不是生命需要的。

人生的脚步常常走得太匆忙，要学会，停下来笑看风云，坐下来静赏花开，心境平静无澜，万物自然生长，心灵静极而定，刹那便是永恒。

某一天，当你再次面对过往的难堪或者那个曾经让你憎恨恼怒的人和事时，心若止水，不再起动念，坦然面对，一笑了之，回忆不仅仅是回忆，而是生活的暖色写照。

即便，他人在你面前复述着关于你过往种种不堪时，你仿佛是在倾听别人的故事，心里没有泛出一丝不堪。

放下，莫过如此。

随缘，就是顺其自然，对一切不强求。随缘并不是认命，而是对于不值得改变的事实，干脆利落地放下，轻装而行，随遇而安。

好比人生就像河水，不留恋两岸的风光，不计较旅途的曲折，一心奔向大海。有缘相聚，各自珍惜；无缘离别，安然随之。

520，我爱你

5月20日，这一天是一年当中的唯一。虽算不上真正的节日，但却如西方人的情人节，中国人的七夕节一样，都成为表达唯美浪漫爱情的一天。可谓是"数字恋爱"。不过，最难能可贵的是，我们怎样才能将每一天都变成520度过，这是一门高深莫测的生活艺术！

但是，也有人泪眼问花花不语，情丝飞过秋千去。初心依旧情谊浓，不堪回首我爱你！

情和爱，最怕的是隔心，心远了，很多话就不愿意多说了，情也就慢慢变淡了！

情和爱，最重要的是建立信任。或许一秒，抑或十年之久！唯独可以确认的是，摧毁信任就是一瞬间！亲情、友情、爱情亦是如此。

情感，是我们活在浮华世间的唯一动力，也是最强劲的动力。唯有信任对爱不能辜负！

5月20日，这一天！从数字的谐音上来回味，就是我爱你……

其实，这一天最重要的寓意在于愿你我都能真正懂得爱的真谛，真诚真心善待爱人、家人和友人。

毕竟，在芸芸众生，大千世界里，相识容易相知难，相爱更难！

俗话说的好——前世五百次的回眸，才换来今世的一次擦肩而过。前世五百次的擦肩而过，才换来今世的一次相遇。前世五百次的相遇，才换来今世的一次相识；前世五百次的相识，才换来今世的一次相知；前世五百次的相知，才换来今世的一次相爱！

前世，我们貌似未曾相见过。来世，不管爱与不爱我们好像也不会再相见！唯有今生，我们有幸相见。

所以，对于感情与情感，请且行且珍惜。

不过，一生至少有一次，为了某个人而忘了自己，不求有结果，不求同行，不求曾经拥有，甚至不求你爱我，只求在我最美的年华里，遇见你，还有你们！——有时候重温诗人的情怀，心中会有许多安慰……

人生的每个年龄段都有不同的感悟。而人到中年，你依然觉得中年女人美如花，虽然没有玫瑰的张扬，牡丹的高贵，但却有百合的傲骨；中年的女人，似酒，经过了岁月的洗礼，时间的酝酿，浑身散发着浓浓的醇香，沁人心脾。

趁容颜依然，保持年轻的心态，去见你想见的人，做你想做的事，成为你想成为的人；趁阳光正好，趁微风不噪，趁繁花还未开至荼蘼，趁依旧还很年轻，可以漫步很长、很长的路，还能诉说很深、很深的思念；趁世界还不那么拥挤，趁一切还来得及，眼眸深情、语气温婉，在爱人的耳边缠绵私语：我爱你！

不畏惧时间的流逝，有爱的每一天都是如此的慷慨，时间里流淌着爱情甜蜜的印记。曾经为了爱征服命运的情侣们，无论是不是"520"，都请记得对你的爱人说——我爱你！

正如，爱情是艺术永恒的话题，更是生活永恒的主题。或许你并不是艺术家，但你一定是自己生活的主宰者。请记得生活里的每时每刻对你的爱人多一点关心、多一点体贴、多一点包容和理解，相信不用什么惊天动地、轰轰烈烈的调味剂，每一天都是甜蜜的情人节。

父爱如山

父爱如山，高大而威严，坚定而深远，宽厚而温暖。

对于我们每个人而言，慈母情深，是母亲给了我们血肉而成长，而父亲给了我们骨骼来站立。父亲坚硬的脊梁演绎着男儿的豪情万丈，巍然耸立成儿女的生命之源。

父爱又是太阳，即使在乌云密布的日子里，我也能感受到您的光芒。父爱是人生旅途中的一盏明灯，在我迷路时，照亮我的行程。

父爱给了我一种启示与教训，给了我一种暂时无法理解却受益终身的爱。而这种爱是父亲一生的付出。

父亲，您更像一棵大树为了我们的家遮风挡雨。父亲，您更像一头黄牛为了我们的家耕耘劳苦。

父亲脸上的皱纹镌刻着岁月的沧桑，岁月在您的额头篡改年轮，您双手的老茧让女儿难以忘记。

而且，您这一生都有一个伟大而又平凡的名字——父亲！

世上有一种爱如千丈山崖上生长的青藤，永不枯萎；

世上有一种爱如苍茫大海中的罗盘,指明方向;

世上有一种爱如淳淳的教诲,长留心间。

那就是——父爱。

父亲,祝福您天天快乐,时刻开心,我永远都爱您!

在此,祝福全天下父亲们老年快乐、健康平安、万寿无疆!

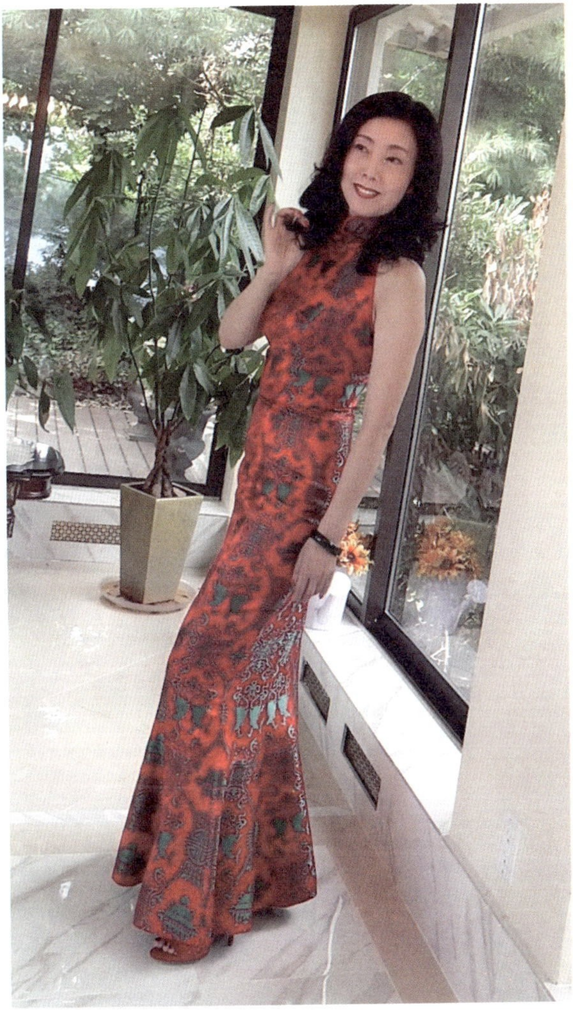

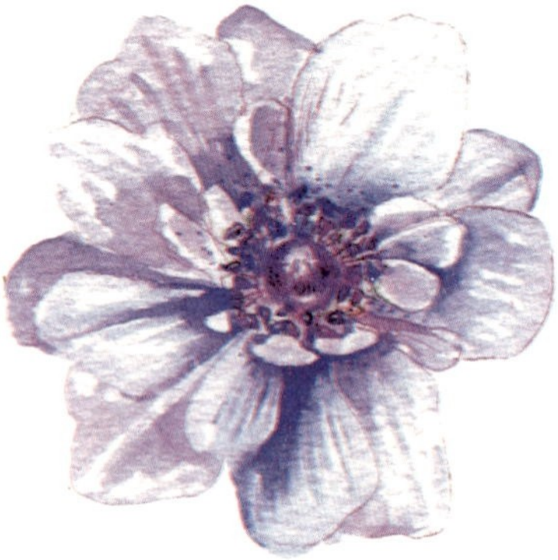

母爱如泉

在快节奏的生活里，偶尔忙碌过后，于稍纵即逝的闲静之际，你会发现，孤独就像是海平面上的风，来去自由，能清楚地感受到它的存在，无止境地蔓延，像雨天的雾气，游走在眼前，笼罩在心底。于是，能够陪伴父母便是我们赶走孤独最佳的良方，也是我们做子女最大的幸福与快乐。与此同时，我们更要感恩父母的陪伴！

有一个人，我们最熟悉；有一个人，我们最亲近；有一个人，在我们心里最伟大；有一个人，在我们心里最无私；她的心，慈爱又温暖；她的呼唤，亲切又深情；她的拥抱，舒适又温馨；她的亲吻，甜蜜又温存！

当你流泪的时候，有她真心为你擦拭；当你受了委屈，有她把你紧紧地搂在怀里。她，就是我们的母亲！

母爱如泉流淌过生命的土地，盼归在游子思乡的梦里。

岁月，因为母爱而温润；世界，因为母爱而芳馨。

母亲，是这个世界永远的春天！

母亲，是世间最美的女人！是母亲把我们带到这个美好的世界，给了我们一个温暖的家，给了我们宝贵的生命……

只是，我们都要清楚地明白，总有一天，母亲熟悉的身影会在我们的人生中渐行渐远，如一片秋天的树叶缓缓飘落于地平线。

我们还要清晰地明白，不是所有的明天都会有母亲为我们等候在远方的家门！

正如此刻，"游子吟"带着浓郁的想念由心底袭来，父母的模样清晰而模糊，白发苍苍青丝寥寥——

慈母手中线，游子身上衣。临行密密缝，意恐迟迟归。谁言寸草心，报得三春晖。

所以，请记得不管你的工作有多么忙碌，不管你身心有多么疲惫不堪，也不管你有多么的身不由己，请都不要怠慢对父母亲的爱，更不要无视父母的等待！因为事业可以再打拼，而父母亲是我们的唯一。父母是天与地，是我们最重要的亲人，是我们的全世界！

一蓑烟雨

人生的每一场相遇，都应该从美好开始。

我们始终没有办法去强求任何一个人最终的去留，人生聚散，有时我们能做的也只是携一份真诚，让心间的珍惜之情氤氲成露、滋养心田！

让生命中每一颗缘分的种子在心中生根发芽、开花结果。

花开四季用心浇灌就好，结果如何我们都要随意随缘随喜随心。

人生不易，且行且醒悟，撇开他人的无心伤害；学会宽容他人，宽恕自己。人非圣贤，若已经历冷暖、悲欢、无助与落寞，就请给自己一个温暖的拥抱！

何不惹尘埃！一切皆随风！静候时光荏苒，候守佳音于亭边，默读苏轼的词，仿佛能够清晰地表达此时此刻的心情，

"莫听穿林打叶声，何妨吟啸且徐行。竹杖芒鞋轻胜马，谁怕？一蓑烟雨任平生。

料峭春风吹酒醒，微冷，山头斜照却相迎。回首向来萧瑟处，

归去，也无风雨也无晴。"

一生烟雨一世尘，一生疏离一世情。所有的过往终究抵不过朝暮携缘，好似只能无扰月满盈天，夜空盛墨在厥词之间，像是载满回忆的帆船，绮梦斑斓，翩然相随。

念往昔，繁华竞逐。站在氤氲之间，明月可掇。在清风静夜之中独自守望，仿佛窥见了一抹宁静致远的处世态度。亭边一蓑、一蓑的烟草，像是在用力摇曳着系向明月，不牵绊于尘世，演绎长终。

净度

春秋

春来一花香，夏归千水柔。秋夕冷画屏，冬雪千里封。夜深海即阔，情浓唯心寂。

抬眸，瞥见银色的月光，静美地点缀着城市的水溪湖湾；花朵，温柔地缠绕着一些美好的记忆；滴答、滴答的雨水声妖娆了院落，携一束流年时光向你走来。岁月那么深邃，却给每一片花瓣上留下了美妙的印记。正如，风舞春色云，云飞菩兰醒，一醒千城梦，悠然见晴天。

聚散喜乐悲欢，终会飘散在岁月的长河中；放下一切，修一颗自在心，宠辱不惊，静看世间花开花落；去留无意，漫随天外云卷云舒。

一盏灯，一杯茶，一卷书，一幽室，点一缕心香，净度春秋。远离浮华，把点滴心音吐纳。仰天呼气听空山鸟语，松竹古寺溪泉飞瀑，坐于壁上遥望未来。神游其中，乐而忘返。不求留名于世，但求无惊无扰，拥一颗净心。心若无尘，清风自来。一念清净，处处莲花开。从此岁月静好。心如禅，则身安，如此便好。

　　净度盼归人,春秋等过客。不管时针走的多么飞快,春秋里总是有一段流光能够常常让你回头张望,那就是静思故乡,净度乡愁。

　　有人说过,每个人的故乡,并不止于一块特定的土地,而是一种辽阔无比的心情,不受空间和时间的限制。这心情一经唤起,就是你已经回到了故乡;故乡的歌是一支清远的笛,总在有月亮的晚上响起,故乡的面貌却是一种模糊的怅惘,仿佛雾里的挥手别离。离别后,乡愁是一棵没有年轮的树,永不老去。

　　净度春秋,脚下走过的路多了,离开故乡久了,你会发现,远方含在诗里,诗里永远有一个无法到达的远方。你还会发现,这世界其实并没有所谓的远方。每一个你的远方,其实都是他人的故乡。

年华悠悠

年年有今日，岁岁有今朝。欢声笑语齐欢颜，载歌载舞共赴宴——生日快乐！

玫瑰娇艳，蛋糕甜蜜，我们像孩子一样开心无比！这一天是新的开始，新的期盼，不管年华悠悠！

到此，人过半百会明白很多，当你看透一切的时候，就看透了人生。你就会明白活着是一件多么幸福的事！

人生在世，再多的钱财富贵，再高的名利身份，都变得微不足道。

人活一世，做人做事，看透是一种领悟，看淡就是一种财富。当你看透一切时，心胸就宽阔了，不再斤斤计较，不再自寻烦恼，看懂了人心难测，明白了敷衍伪装，受得起大起大落，放得下大悲大喜，再苦也能微笑，再难也会歌唱。

只是，人生苦短，明白地活着，懂得使人疲惫的不是路悠悠，也不是忙碌的无尽头，而是心灵的颓废，希望的丧失。只有不怨恨不落寞，才能如明镜一般去照亮一切。人的贵贱绝不在一时的贫富，而在于人格水平的高低。

人生，本是一场愈行愈远的跋涉！走过一段路，遇见一些人，赏一处风景，心底坦然不计较得失荣辱，活的潇洒自如且让生活充满希望，对人对事才能见证真心得到真情，做好人好事必定有好命。

生日箴言：只愿君心似我心，诚定不负相思意。

童年影像

"童心未泯,是人生充满色彩的象征。而在每个人内心深处,都会有一段美好而又短暂的记忆——童年。"

前几日闲暇之际,母亲从书柜里整理出旧相册,翻开一张张黑白照片,童年倏然间浮现在眼前。

童年,是一首动人心弦的歌谣,永远飘曳在最幼稚的记忆里。像一片湛蓝的海面,落满数颗珍贵的贝壳。更像一座美丽的花园,含苞待放,绿意盎然。也像是一幅幅油画,勾勒出五彩缤纷的快乐世界。

童年,是傍晚背着书包同伙伴们玩耍,忘记回家的那个小精灵;是背诵古诗唱着歌谣,奔跑在校园操场上的小可爱;是那个想哭就哭,想笑便笑,想忘记便可以忘记的小少年。

童年,更是宛若星辰,璀璨无比,憧憬长大,幻想联翩。

而今,回忆童年仿佛就在眼前。那些童年的小伙伴们,你们银铃般的笑声依旧清晰地回荡在耳边,你们还好吗?那座老教室是否已拆迁多年?你们还会跳广播体操吗?那些记忆中的白杨树,还枝叶繁茂吗?

　　此刻,漫步在花园里,童年的往事历历在目。虽然经过时间的洗涤,我们早已丢弃了童年最纯真的模样,但脑海里总能若有若无地回想起与同伴玩耍的情景,嘴角浮现出的笑容依然看起来像个快乐的孩童。

　　童年,包含了人生的真、善、美,凝聚了灵魂的真、善、美。

淡定从容

回廊一寸相思地，落月成孤倚。夜灯和月就花阴，已是十年踪迹十年心……

行走在喧嚣纷繁的尘世间，经历着潮起潮落的人生，岁月不仅把沧桑镌刻在了脸颊上，更是烙印在了心底里。

每个人来世上走一遭，都很不易。所以，不要太为难自己。学会享受生活，不奢求不属于自己的东西，也不必强求自己力所不及之事。有些欲望可以抑制，有些争执可以让步，有些人可以疏远，有些东西可以不要，有些话语可以不屑；能得到的，便用尽全力去争取。可谓，得之我幸，不得我命。

勇者从容，智者淡定，智勇双全者从容淡定。而且，能够真正地做到宽容对待万事万物，更以感激知足的饱满态度对待他人。人生要达到的境界是繁华落尽见淳真的平淡，是一种宠辱不惊的从容，是一种笑对人生风雨的沉着，是一种历经岁月沧桑的智慧，是在繁华的喧嚣声后，在大起大落后，仍然保持着美好和对新世界的向往，依然能够像花儿一样，安然开放。

花开无语，芳华烁烁；花落无言，余香阵阵，绽放凋零，一切都将在岁月中抹去。

最终，将重归于尘。不要看破红尘无悲无喜得失两忘，但也要修炼一颗淡定从容的心。

笑对日出日落，看月缺月圆，活出自己的美好人生。淡定人从容，无言花自香。

披荆斩棘

大漠沙如雪,燕山月似钩。何当金络脑,快走踏清秋。

唐诗,不管何时朗诵起来,都是别有韵味。犹如人生一样,认真努力过,华丽精彩而又如实平凡。

只是,一生很短,永远经不起等待!

从生到死有多远,呼吸之间;从迷到悟有多远,一念之间;从爱到恨有多远,无常之间;从心到心有多远,天地之间。

人生,就是这样一个苏醒的过程。草枯了,来年继续发芽;花落了,明年还会再开。

而人,只有一次生命,不会重生,也无法重来。一生很短,短得来不及享用美好年华就身处迟暮!

人生,更像是一个圆,我们走了一辈子或许都走不出命运画出的圆圈。

所以,我们仅有的这一颗心就必须以生活滋养,以岁月做笺,在时光的隧道中播种美好。

让自己的每一刻都过得有意义,活得更精彩。这样的生活方式才是我们每一个人都应该拥有的,而不是平庸地一味等待。

所以,请在有限的时间里去做无限的事,做重要的事,去见重要的人。请不要虚度光阴,不要浪费生命。在人生的航行中,请笑对人生,让每天都充满生机和活力,力争无憾度过。

I want to be what you are. See what you see, love what you love.

人生真谛

今天是美好而又难忘的一天，日落西山后，天边出现神奇之景——"紫气祥云 彩虹迎宾"。赏景的过程中与朋友聊天，言谈中领悟到的教诲深受启发，尤其是当谈到人生多个不能等的时候，让我不由得打心底点赞。

朋友非常认真地说道："贫穷不能等，因为时间久了，你就会贫穷习惯了；梦想不能等，因为努力晚了，人老就无能为力了；学习不能等，因为懂得少了，就没本事梦想成真了；健康不能等，因为身体垮了，人生的一切就都没了；教育不能等，因为苗苗歪了，长成型就难以纠正了；孝敬不能等，因为老人走了，想孝敬也再没机会了；机会不等人，千万不要错过，因为成功人的秘诀就是'抓住了机会'。"

人生不能等的事情似乎很多、很多，仿佛瞬间无法一一罗列。因为我们都知道，等待就是错过，就是一种遗憾。遗憾是不能补救的，不能补救的生命是无法挽回的遗憾。

好比，尽孝和行善一定是不能等的。

人们常说，树欲静而风不止，子欲养而亲不待。尽孝其实就是一种行善，是人之初，性本善之表现，更何况百善孝为先。善之人，必有余庆。即便千里暗香浮华众生，拂过心间，尽孝行善可让你的人生充满行动力，不枉在人间走一趟。

就像此刻，天边浮现出的彩虹美景一般。顷刻前，暴风雨才疯狂地肆虐。

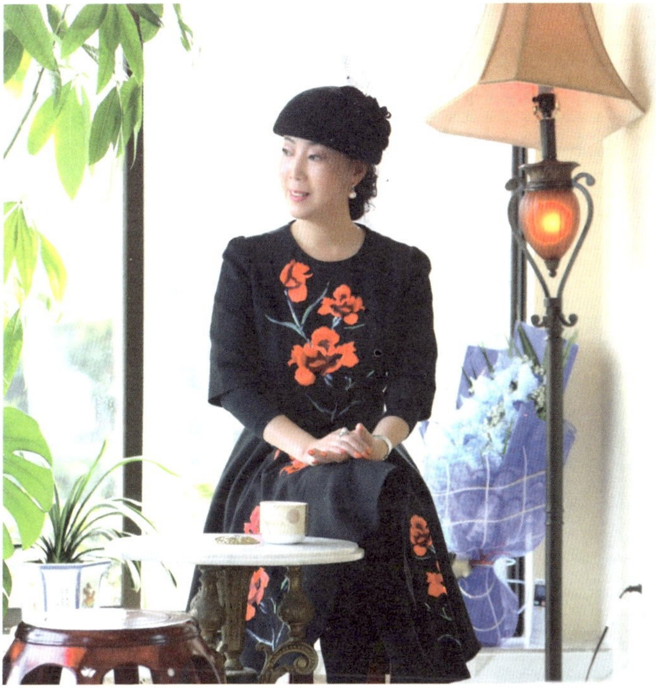

热情

沙漠

有人说过,热情是世界上最大的财富。它的潜在价值远远超过金钱与权势。热情摧毁偏见与敌意,摒弃懒惰,扫除障碍。

而我认识到的是,热情是行动的信仰。有了这种信仰,我们就会无往不胜,永远沐浴在生活的光影中,就算跋涉于浩瀚无际的沙漠也不会觉得寂寞无奈。即便天昏地暗,狂风大作,黄沙铺天盖地的席卷而来,人生也会处处有风景。

人生之路,漫长而多彩。如同,在与天际连接于一体的大海上航行,有时会风平浪静,行驶顺利;而有时却是惊涛骇浪,行驶艰难。也就是我们常说的顺势而行,逆势而上之景象。

但是,只要我们心中的希望灯塔永不熄灭,就能沿着自己的人生航线继续前行。

人生之路,漫长而多彩。必须学会在阳光中欢笑,在阴云中坚强;在狂风中抓紧希望,在暴雨中抓紧理想。

当我们站在人生旅途的终点时,有幸转身回望,或许就会发现,原来此生奋力地走出了一条属于自己独特的人生之路,一番别有的天地之景象。犹如沙漠与山色相映时，所带给你的惊喜、狂野与沉寂。

拥抱热情，让沙漠埋葬记忆里早已过滤掉的残渣，也是人生一种难得的经历与沉淀，可谓是人生旅行的真正意义所在。

Painters love to paint flowers because they love beauty. Those who appreciate it must be the ones who love it.

福音

普照

歌德曾说过："你若要喜爱你自己的价值，你就得给世界创造价值。"这是多么深入人心的警句，值得我们时刻警醒。

而在中国，坊间有个传说，让我们随传说一起走进故事的意境里。据说，康熙皇帝得了一种怪病，宫中御医把所有的名贵药材都用遍了，就是不见病情好转，他一怒之下停止了用药。

一天，康熙独自出宫微服夜游，来到一条街上，发现有一家小药铺。此时，已是夜深人静，小药铺里却灯火通明，还听到那里传来琅琅的读书声。康熙心想，宫中御医不过是一些庸才，没有什么真本事，真正的人才还是在民间。自言道：小药铺内有人才，我何不来这里看看？

于是，康熙便上前敲门。进屋后，康熙见一个四十多岁的人正在烛光下夜读，猜想他一定是这小药铺的郎中了。郎中见有来客夜访，便问："阁下深夜造访有何见教？"

康熙说："深夜登门，多有冒昧。只因我得一怪病，浑身发痒，遍体起红点子，不知是何原因？请了好多名医，都没有治好，先生能不能给看一看？"

郎中说："好，请你脱去上衣，让我看一看。"

康熙脱去上衣，郎中只看了一眼便说："阁下不必担心，你得的不是什么大病。只是你平日吃山珍海味太多了，再加上长期吃人参，火气上攻，因此起了红点子，以致发痒。"

康熙问："此病能根治吗？"

郎中很肯定地说："不难，只要用些药就会好的。"

说着，便伸手抱起木架子上的一个罐子，铺开一个包袱，把罐子里的药全部倒出来，足有七八斤重。康熙不觉一愣，说："先生，这么多药，每顿要吃多少才行？"

郎中笑道："这是大黄，不是让你吃的。你拿回家去，用这八斤大黄，煮水百斤，放入缸内，等水温适中，便入缸洗浴，少则三次，多则五次，即可痊愈。"

康熙心想，宫中御医那么多奇方妙药都不管事，莫非他这不值钱的大黄能治好我的病？

郎中见康熙面有疑色，便笑着说："阁下请放心，我决不会讹你钱财，这药你先拿去一用，治不好病，我分文不收。"

康熙说："好，若能治好我的病，定有重谢。"

康熙回到宫中，按郎中所嘱，如法洗浴。果然，他下到浴缸中，顿时觉得浑身清爽、舒服，妙不可言。

连洗三遍之后，竟然全身不痒了，再一细看，身上的红点子一个也没有了。康熙十分高兴，第四天又微服来到小药铺。

郎中一见康熙面带笑容便知他的病全好了，于是故意说："阁下今天是送药钱来的？"

康熙说："正是。先生，你说要多少钱？"

郎中哈哈大笑："见笑了。那天晚上见你半信半疑，我才故意说治不好病分文不收，如今病好了还是分文不收。我见你气宇非凡，只想跟你交个朋友罢了！请问，阁下尊姓大名？"

康熙微微一笑："学生姓黄，字天星，一介书生。"

郎中一听高兴地说道："我叫赵桂堂，也是一个穷书生。父亲立志让我金榜题名，光宗耀祖，可谁知天不遂人愿，多次名落孙山，如今只好在京城开一个小药铺，一面行医，一面攻读，希望有朝一日能来个鱼跃龙门。"

康熙说道："赵兄，常言说，榜上无名，脚下有路。依你高超的医术，我可以力荐你进宫担任御医，岂不是鱼跃龙门了吗？"

赵桂堂笑了笑说："你错了。我以为，行医者应为普天下百姓着想，为他们排忧解难。进皇宫当御医，尽管享尽荣华富贵，可不能为天下老百姓治病，非我所愿，医有何益？"

康熙一听，不禁说："赵兄的德才令我佩服之至。仁兄，请恕我直言，既然你屡考不中，何不安下心在医道上大展前程？"

赵桂堂说："我也是这么想呀，只是行医也非易事，我没有这么多的本钱，空有凌云之志，也难有大的发展前程。老兄，你若日后发了大财，资助我一把，帮我建一座大药堂，也算我没有白给你看一次病。"

康熙一听毫不犹豫地说："若真要建药堂，叫什么名字好呢？就叫同仁堂吧，你看这个名字怎么样？"

赵桂堂见他当真，便笑着说："刚才我是一句玩笑话，你莫当真。再说，建大药堂需一大笔钱，谁知道你何时才能发大财呢？这是云彩边上的事，远着哩。"

康熙说："眼下不妨试试。"

说着从桌子上拿起笔来，顺手写了一张字条，又盖上印章，然后说："赵兄，明天你到内务府衙门去一趟，那儿有我的一位朋友，说不定真能管事。"

说完，告辞而去。

赵桂堂看着匆匆离去的黄先生，心想这还是个怪人呢。第二天，赵桂堂忍不住好奇地拿着字条找到内务府衙门，递上字条不一会儿，就出来一个太监，把赵桂堂领进门内，走过一所院子后，又来到一个大屋子前，太监打开屋门，朝里一指说："赵先生，这些够不够你的药钱？"

赵桂堂定眼一瞧，不由大吃一惊，只见满屋子全是白花花的银子，他一下子呆在那儿了。这时，只听太监说："赵先生，万岁爷有旨，你给他看好了病，分文不收，他要送你一座同仁堂，你如愿以偿了吧？"

故事讲述至此，虽时代变迁，唯不变的是什么呢？万变不离其宗，追溯善本源，性本真，人正心正，人善心善，福音降之，福音普照。

端午
安康

行走在岁月中，追溯历史光影，搭乘时光隧道——阴历五月初五。对于中国人而言，众人皆知，这一天是祭祀之日。这一天，伟大的爱国者屈原投汨罗江为国捐躯，唤醒曾经沉睡着的人们！所以，后来华人为了纪念伟人的离去，在这一天除了吃粽子、挂艾草于门厅外，还要彼此互道安康与珍重，犹如多年前娴静如花照水，行走如风吹垂柳一抹。

爱国、爱家、爱亲友，这是长久以来的和谐之德。端午的由来也是如此。互道安康，心中一片祥和。

人生更是如此，走过的路长了，遇见的人多了，不经意间发现人生最曼妙的风景竟是内心的淡定与从容。

"人之气质，由于天生，很难改变，唯读书则可以变其气质。古之精于相法者，并言读书可以变换骨相。"人本是人，不必刻意去做人；世本是世，无须精心去处世。

坐亦禅，行亦禅，一花一世界，一叶一如来。

春来花自青，秋至叶飘零，无穷般停留于心，语默动静般自然。

所以，不要刻意地去追逐，一切遵循自然的规律，开心轻松，过好每一天！袭人的清新艾草，随风飘飘，诱人的甜蜜粽子，炊烟袅袅，龙舟赛年轮，祝福报安康。

这一天，是伟人曾用生命试图唤醒整个民族，用行动缱绻在历史的长河中，册封在我们时代华人的记忆中，情系万众。

今天，我要感恩身边的每一位朋友，有你们的陪伴，真的非常幸福快乐！在此祝愿大家端午安康，万事大吉，一切安好！

故地重游

此地曾居住,今来宛似归。昨日汾上柳,相见也依依。

故地重游,眼前一幕幕美景静默般描画过去的年岁光影,思绪万千。这是时隔十六年,再次重游华盛顿,驻足忆当年,不经意间,沧海变桑田。往事浮现,景依旧,心依旧,物是人已非。

回忆,犹如一叶孤舟飘过记忆的河流,让人感慨万千。

遥想曾经徒步丈量这座城市,有欣喜,有激动,有亲切,有陌生。而如今难免还有一丝丝叹息。曾经,这里的一草一木,都是那么熟悉。曾经,这里有来自国内各地的华人朋友,虽不常见面,但依旧相熟识。曾经,这里也留下了我人生最难忘的青春回忆……这里曾承载着我最美丽的梦,也印记过曾经属于自己的那一份静谧,那一份对未来人生的遐想。这里似乎早已注定是我一生永久的回忆。

回忆里有一场关于雪的记忆。那年冬天很冷,雪花狂舞在天空中,脚下的路,早已覆盖得不见影踪。徒步登阶,沿路而上,空气清冷,恰似梦中曾来过的地方。只是,人来人往中却有一丝丝失落与无奈。

故地重游,内心感慨。那些逝去的岁月已渐渐淡出了生活,并成为记忆中渐行渐远的珍藏。十几年匆匆闪过,而今,怎能细数当年的情景?哪里还能听见悠悠回声?

蓦然回首人生几何?曾经有梦,今追忆。无数匆忙,化做梦。漫漫历经风雨,续写几度沧桑。

其实,正如朋友说过,这世界上,有一种心情叫承重,举得起放得下的叫举重,举得起放不下的叫负重。用加法的方式去爱人,用减法的方式去怨恨,用乘法的方式去感恩。人生,最重要的不是得失,而是拥有一颗善待自己的平常心。

中年之后,渐渐懂得:有些人,注定是等待别人的;有些人,注定是被别人等待的。

一件事,再美好,若是做不到,最终也得放弃;一个人,再留恋,不属于你,最终也要离开。

每个人的生命都免不了有太多缺憾。但是,最真的幸福,莫过于一杯水、一块面包、一张床,还有一双无论风雨晴空,都和你十指相扣的手。

唯我一人

屋内一人

除了一窗米兰花瓣

风在尽头悠悠

阳光铺洒在叶尖上

麻雀自天空飞过

聒噪的小东西

是唯一的声音

唯我一人

除了红色衣衫

和挂在屏风上的饰缀

空气甜美而又清新

四面墙壁白里透着空无

空无得泛着青光

拒绝一切喧闹

让心归于寂静

让灵回于本体

你会发现

此刻的思绪无法用言语表达

细腻纯真

如同

千载中守候的那一份淡然

心头的温热

随清晨雨露融化在一人的时光里

气味相投

独自莫凭栏，无限江山美，别时容易见时难，难却上心头。

人，活在世上，要有气度，这个气度最令人敬佩的是大气、豪气、浩气、正气。

对于男儿而言，要有志气、勇气、血气、胆气；只有经过足够的历练，方能修炼出男儿气概，彰显男儿本色。

对于女子而言，要有灵气、秀气、静气、柔气，才可秀外慧中，仪态超卓，气质文雅，羞花闭月，倪端如画。

其实，不论男女，每一种气息都蕴涵着一种精神，象征着一种品性。正如女子翩若惊鸿，俊俏若早春之景。而男人有气度方可顶天立地，纵横四海。

所以，活着，一定要有气度，这不仅仅是涵养，也是一种标识，更是一种追求和目标。以追求靠近目标，人生方可有价值。

在与人交往中，为人所看中的第一要素即是气度。修炼人生，展示自己活着的气度，让生命更有意义。

犹如一对爱的天轰地裂的情侣，天长地久有时尽，偶遇情恨从此别。此后，曾笑浮华落尽心如洗，悄然而逝无忧去。清辉下亘古不变的依然是灼灼热烈的双眸。

时光

荏苒

夏天即过,春天还会远吗?时光虽不可倒流,年轮却能覆辙。

如果,人生让我再选择一次,我想说的是依然如故。

或者说,人生可以重新选择。我想,我必定还会一错再错。因为我无法选择的是从前自己的内心。若说后悔,反感的不仅仅是过去的那些事儿、曾经的那些人,而是过去的自己,过去自己的选择。也许,某个时段我们只能错误地行走,留住遗憾继续前行。

朋友们总说,如果让你再选择一次,你还将选择那个错误的答案,因为至少当时你认为是对的……

东流逝水,叶开花落,树叶纷纷,时光无声,就那样悄悄地、慢慢地消逝了。

静守于月下,直到穿了新衣,点了鞭炮,庆祝生日之时,炎热的七月隆重地向我走近,温柔的六月已缓缓远离。

待整理凌乱的思绪后,向新的下半年迈去,又是一年芳草绿。唯有时光毫不留情地越过指缝,时钟随着指针的移动滴答、滴答地在响，悠然间从心头滑过。

今日独倚栏，荏苒又经年，追忆又向往。声声牵思绪，光墨即淡写，透过窗席望去，屋外的小径，弥漫着浓郁的绿之韵，飘落了一地遐想，化作追忆，任风轻轻摇曳。

午后私语，悠悠钟声将旧年的步伐书写成人生的故事，缱绻在永恒里。隔岸观花，湖水上漂浮的光色，都已寄托在隔日的晨曦里。

爱又奈何

你瞧

风从窗前悠闲地漫过

云在远方缠绕着青山

你是否愿意，拥我入怀

于你的臂弯……

你看

谁的眼眸里煮着温柔

羡煞满天彩蝶

这是数人来过的地方

除了万水千山

没人看见我轻歌曼舞

没人看见你醉拥红妆

小溪潺潺流淌

花儿静静绽放

我会为爱,直到死亡

因为你带着温暖

来到我的世界

唯有你

才让我这样疏狂

I Love U Valentino

父亲

您早

风柔日薄春犹早,夹衫乍著心情好。

今天是父亲节,一早看见父亲的身影,心里暖暖的。于是,想认真研究一下"父"字。

"父"字非常古老,其意义变化也非常大。在甲骨文中,"父"是一个人手里拿着一柄石斧,其最初意义便是"斧",这个意义后来写作"斧","父"字不再有此义。持有石斧是力量与勇敢的象征,所以"父"字意思引申为持斧之人,也就是值得敬重的人。

据说,康熙皇帝到江南巡视,见一农夫扛着锄头,就故意跟身边的宰相张玉书开玩笑:"这是什么人?"

张玉书回答说:"他是个农夫。"

康熙又问:"农夫的'夫'字怎么写?"

张玉书顺口答道:"就是二横一撇一捺,轿夫之夫,孔夫子之夫,夫妻之夫,匹夫之夫都是这么写。"

不料康熙听后摇头说:"你这个宰相,连这个夫字的写法也辨别不清。"

康熙皇帝说："农夫是刨土之人，上写土字，下加人字；轿夫肩上扛竿，先写人字，再加二根竹竿；孔老夫子上通天文，下晓地理，这个夫字写个天字出头；夫妻是两个人，先写二字，后加人字；匹夫是指大丈夫，这个字先写个大字，加一横便是。用法不同，写法有别，不能混为一谈啊！"

可谓官大学问大，学问大官大。难怪康熙当皇帝！从一则小故事便能读懂几分，原来如此！中国的文字的确太奥妙了！

悠哉，故乡何处是？莫非醉在心。

此刻，祝愿天下父亲们节日快乐！

长岛

如梦

昨夜雨疏风骤

浓睡不消残酒

试问卷帘人

却道海棠依旧

知否 知否

应是绿肥红瘦

长岛路 上海滩

一夜幽梦

方知醒

似乎

将你我之间的距离

无限地拉长

一层层袭来

随着霓虹的方向望去

大地与天际紧紧相连

抬头

瞥见乌云背后隐藏着的缕缕思念

越来越浓郁

它们带去的问候你都收到了吗

尽管

我们相隔甚远

无法一起漫步在夜色阑珊处

无法一起挽手说梦话

却可相望于远方

缘来缘去

老子曰："天之道，损有余以补不足；人之道则不然，损不足以奉有余。"只因天地无限，重在均衡，需要通过取长补短去实现。

每个人的各种资源是有限的，在有限的能力和时间精力之下，必须规避短处发挥长处，才能将自身价值最大化。

如此而已！世上的女人无非两种：一种是幸福，一种是坚强！

幸福的女人是被捧在手心里无需坚强。坚强的女人是被融化在泪水和委屈里必须坚强。

这就是区别。只因你是女人，你可以不成功，但你必须要成长。女人始于颜值，敬于智慧，合于性格，久于善良，终于人品。做人如此，交友亦如此。

世间纷扰，乱象蔽目，混沌蒙心。守得住这条正道，才能在万千人当中，交天下最值得交往的友人；在万千种选择中，做出最有意义的选择。所以，从此刻开始，愿天下所有善良而美丽、平凡而伟大的女人，过得舒心，睡得安心，爱得暖心，活得开心！

艺术之情

艺术，来源于生活，却升华了生活，高于生活浓缩精华。

艺术包含的内容堪称众多，一个爱上文学艺术的人，据说是孤独的。她对生命的思考，对人情世态的体验，对爱情的热情与慈悲，几乎都是从孤寂枯涩中品味出它的甘甜与芬芳。被爱感动与困惑，致使最终选择简单、简约而行。

人们心目中的艺术往往都是高雅、现代、古典等代名词，比如舞蹈，举手投足间，用舞蹈的肢体语言提炼出舞者对生活的领悟与演绎。再比如绘画，能够临摹春耕、夏耘、秋收、冬藏，生生不息，求索环绕于世间。

遥想一下，当你捧着一本古籍，眼前伫立着凝聚古老艺术的一支红烛，古铜色的烛台投影在寂静的夜幕下，留声机里播放着悠长而涣散的曲子，整个房间弥漫着空悠、灵动。

你会想到什么？想起李白、杜甫，忆起秦时明月汉时关，大江东去的豪迈，惊涛拍岸的气度，杏花春雨韵味，金戈铁马的旗鼓……

一抹微风熏染着淡紫色的窗帘,银白的月光跃动着从窗隙铺设开来,窗帘流苏随风而动,而眼前的这支红烛,燃烧千载,璀璨万年,照亮千古百世。

艺术、生活、哲理,博古通今。诗书音画、诗情画意、意境优美,极具旋律。

艺术无国界,甚至不需要语言的修饰。不管你是面临怎样的生活处境,艺术会给生活装点上绚丽之色,永不褪色;开出艺术之花,永不凋零。艺术让生活变得有深度,有宽度。它会激励、唤醒、鼓舞着我们一路前行,可谓,行者致心。

王者归来

春雨一夜人未眠，斟茶一盏饮中闲。茗茶悟彻红尘事，心静浮沉一念间。

人生往往会这样，以为马上要实现的"希望"，有时候只会令你陷入更深的绝望；反之，你认为无尽的绝望，会在一瞬一拐角满眼希望。可谓，峰回路转，柳暗花明皆是好！所以，愿你慢慢长大，愿你好运常伴。如果没有，愿你在不幸中学会慈悲；愿你被很多人爱；如果没有，愿你在寂寞中学会宽容。

人生最大的成本，就是在错误的人际圈里，不知不觉耗尽一生，碌碌无为地度过一生！

人生最大的喜悦，就是遇见彼此的那一盏灯，你点燃我的激情，我点燃你的梦想；你照亮我的前途，我指引你走过黑暗的旅程。你我彼此是贵人，相互成就！相见在春天里，面朝大海，春暖花开。

正如，我们与近在咫尺的观音禅寺有个春天的约定，当白雾将千年槐叶渲染成满目翠绿之时，徒步前往造访观音与王者。

思绪随石阶一路向前,从初冬到深冬,在飞雪映舞的流光里,我们时常感受着那抹冬色的微妙变化。再到春之韵的深浅自然律动,绿色渐浓,槐叶尽染,满目碧透的绿色是春的希望。

碧云天,绿叶地,西风暖,北雁飞。当和煦的春风拂面而过之际,观音禅寺里不再寂静,迎赏千年槐树的行者络绎不绝。嘈杂声抖落着抛向无际苍穹,也惊飞了栖息在此的鸦雀飞鸽。它们追风幡,于空中。在槐树上,飘来荡去,不再等闲。

等人去山空,只待一夜春雨泼洒而下,落得终有一天,王者归来,不愧于心,不悔于行!

慢慢变老

　　生活中，我们会错过许多。比如一些人，一些事，一些东西，一些情感。如果我们没有机会去补偿、去改变，不如从现在开始懂得珍惜，珍惜自然的馈予，珍惜父母的恩情，珍惜时光的短暂，珍惜知识的宝贵……

　　曾经看到过这样一个故事。1999 年，巴金先生病重入院。一番抢救后，终于保住生命，但鼻子里从此插上了胃管。进食通过胃管，一天分 6 次打入胃里。长长的管子从鼻子里直通到胃，每次换管子时他都被呛得满脸通红。长期插管，嘴合不拢，巴金下巴脱了臼。只好把气管切开，用呼吸机维持呼吸。巴金想放弃这种生不如死的治疗，可是他没有了选择的权利，因为家属和领导都不同意。每一个爱他的人都希望他活下去。哪怕是昏迷着，哪怕是靠呼吸机，但只要机器上显示还有心跳就好。

　　就这样，巴金在病床上煎熬了整整六年。他说："长寿是对我的折磨。但请尊重生命、尊重他人也尊重自己的生命，是生命进程中的伴随物，也是心理健康的一个条件。人生不售来回票，一旦动身，绝不能复返。"

所以，活着，慢慢变老！慢慢感受变老的过程和无穷乐趣。敬重生命的力量，直到彼岸的尽头！

正如，"最初我们来到这个世界，是因为不得不来；最终我们离开这个世界，是因为不得不走"。

有人说过："以哭的方式笑，在死亡的伴随下活着。"

生命是人生的润土，时刻都在培育着每一个被向往的瞬间。因为它们最终都会成长为一个个希望。在希望的旷野中，努力找寻属于自己生命里的熠熠灯火。

所以，在慢慢变老的年岁里，尊重身边的每一个生命和灵魂，从每一个人身上学习他们灵魂内在的贵族精神。

灵魂远去

每当我一来

你就走了

泪水打湿的

不仅是眼帘

心被无助缠绕

哭声被静默埋葬

从此再无法控制

被假象隐瞒后

很容易跌倒

跌倒在彼岸的尽头

你将用什么方式

供我人生的终点

供我托付给你的岁月

我一来

你就走了

行者致心

也许

几年后

我会被文字

堆在起点的反方向

变成远方的修行者

随灵魂默默远去

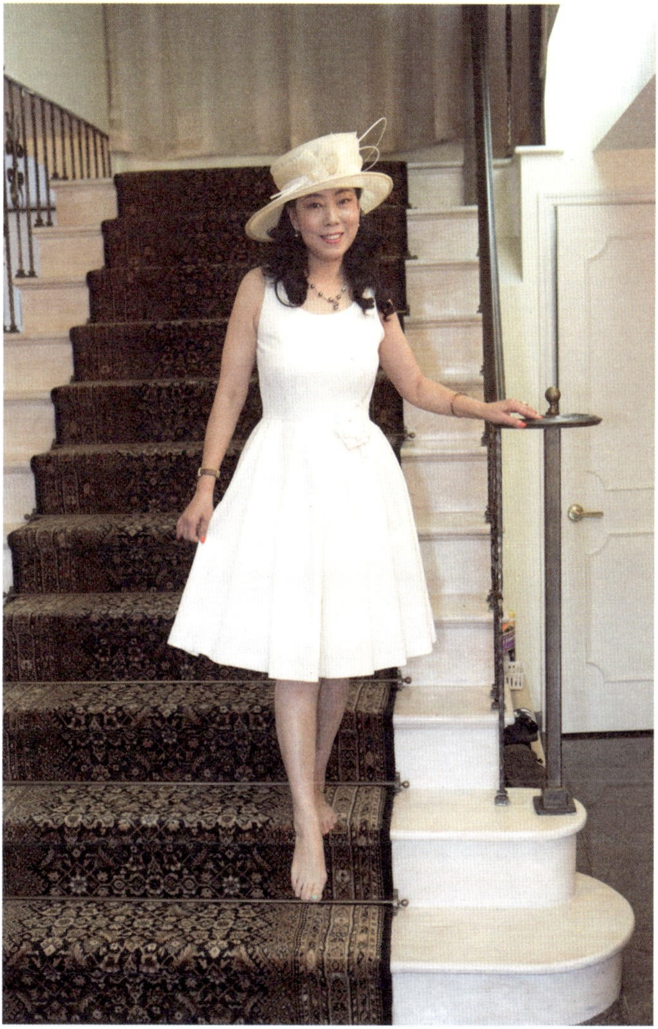

满江风雨

> 寒雨连江夜入吴,
> 平明送客楚山孤。
> 洛阳亲友如相问,
> 一片冰心在玉壶。

满江光色凝在夜晚的霓虹倒影中,于庭院的蔷薇里,洁净清美,素雅寂静。又像一池荷花,静雅而开。饮清露,汲月华,芬芳亭立。无语最堪情,心如水,莲似花。翻开一本诗集,眉宇间便散发着淡淡的清香。

心,是宁静的。抬眸浅望,星空悠悠。闪烁着家门的模样,璀璨着心门的轨迹。

都说,每个人都拥有两个门:一是家门,成长的地方;一个是心门,成功的地方。细细品味,是这个道理。

如果能驱走门中的小人,就会唤醒心门里的巨人!

若想事情改变,首先自己改变,只有自己改变,才可改变世界。每个人最大的敌人不是别人,而是自己,只有战胜自己,才能战胜困难。

你来自何处并不重要,重要的是你将要去往何方。人生最重要的不是所站的位置,而是所去的方向。只要不失去方向,就永远不会失去自己!

就像浩瀚宇宙里的星火,永远在属于自己的轨道里航行。

财富

心态

> 一死一生，乃知交情。
>
> 一贫一富，乃知交态。
>
> 一贵一贱，交情乃见。

人生在世，其实说到底就是在为自己而活。

活着，本身就是一种幸福。每个人来到这个世界上都是不易的，却又是幸运的。所以，请珍惜和善待我们的人生，快乐充实地度过每一天，才是远离烦恼琐事的正确选择。

在我们的人生旅程中，下一站的风景，如一盏明灯照耀着我们的前行之路。心中有希望，脚步便有力量；路途有光亮，人生就不会跌跌撞撞，让我们继续出发，欣赏沿途风景。

在光阴里，我们都是赶路人。终归有一天，日子将会归于平静且不失丰盈。所以，阴霾过后的岁月里，不如多一点开心快乐，少一些烦恼无常。

时光渐远，涂于腮颊的胭脂，掩藏了岁月的痕迹。以容颜展露出对岁月的表白，以内心表达出对岁月的深情。默然感知，言语已是多余，心灵散发的阵阵清香方是人生沉淀。

世间里，最远与最近的距离，是心灵与心灵的距离。而唯有感恩之心，是离财富最近、最近的距离。

看世间百态，不随波逐流。好似崖边一株萋萋芳草，遗世孤立。独自打点自己的荣光岁月，独自斟酌清欢，简单，自然。始终持有一颗水晶之心、感恩之心，将盛开与凋零，都看做是人生的财富。

花香人家

坐亦禅

行亦禅

一花一世界

一叶一如来

春来花自青

秋至叶飘零

无穷般若心自在

语默动静韵自然

人本是人,不必刻意去做人;世本是世,无须精心去处世。不要刻意地去追逐,一切遵循自然的规律。

苦非苦,乐非乐。只是一时的执念而已。执于一念,将受困于一念,一念放下,会自在于心间。

所以,开心轻松,不忧患于天灾人祸,却要珍惜每一天!

将每一天都当成人生中的最后一天度过,珍惜、感恩!

人活着,其实有许多事情无法言语。有时候走得太远,便忘记了来时的路；有时候看得太清楚，往往看不到真相与实质；有时候想得太多，便会失去自我。

  生活，如一面镜子，心中有，便有；心中无，便静；心中空，便悟。学会微笑，学会面对，学会放下，让一切随心，随意，随性，随缘。

脉脉私语

　　生活中,不管是婚恋,还是人际关系,我们向往的一种状态是志同道合、志向相同、目标一致、意志相近,终究可以点缀人生的快乐。

　　生活,除了理想,更需要有情趣。若无情趣,就容易陷入无聊、厌倦,从而无所适从。

　　生活,更要精彩。在人的认知范畴内,具有情趣,需要付出努力和贡献。否则,只能在无味之中煎熬自己折磨他人。

　　人在矛盾和挣扎中生活,在缺乏情趣的日子一天天消耗下去,自然如温水煮蛙。生活中"志同道合"更是"志趣相投"。志是信仰、追求、锲而不舍的人生目标;趣是情趣、日常、柔和可爱的生活方式。志趣相投,才能情投意合,才会心心相印。没有情趣的参与,生活的内容总会流于单调、乏味。在暗哑无光、死水无波似的流年中,情感也就淡了、变了、没了。如果精神背叛是犯罪,那么神影分离如同无形的自杀!

　　人生最大的痛苦之一莫过于强颜欢笑迎朝阳,佯装潇洒无乐趣。

正如一位法律界朋友，他的工作和生活样样让人敬佩、羡慕不已！每当谈及自己的经历时总是不无感慨："我曾经有一段艰辛的历程，去为爱痴狂，与运争，与命斗，迫使时间为我摇摆，就是为了'爱'，我要让自己快乐地把'心'安放！"

的确，喜欢一个人是一种生活态度和方式；娶一个人，也是一种生活状态和方式，男人的魅力就是有担当和成就感，有一定的情趣！

我认为，情趣就是一种柔美的、含有笑意的生活方式。

回想起每次朋友聚会时，都让我受益匪浅，人生在世活着就要"如此那般喜悦"！

祝福天下所有的美好时光都成为世间一道美丽的风景线，祝福大家生活如此安好！

娓娓道来

采花一朵，婉约于心；携风一缕，摇曳于情。

把心放逐在轻风里，让天籁梵音走进心灵，于红尘里摆渡，忘忧无虑。那虔诚的面容里，流露的是内心的真情真意；那心灵的清泉，流淌的是祈愿与期盼。

心上，流动着的温暖，逆流在我们走过的时光里，就这样听风沐雨，就这样静静赏人间万象。

世界上最宽阔的是海洋，比海洋更宽阔的是天空，比天空更宽阔的是人的心灵。以平常心看待世间万物，这样才会获得心灵的安稳。

让一步是心，退一步是情，谦让是灵魂，忍让则是心胸。

生命需要一个角落，哪怕是在一个不起眼的空间里，安放忙碌之际应有的一份从容和宁静，以供心灵自由散步。

拥有一个美好的现在，经历过的酸甜苦辣咸，皆是人生中最深的印记和珍藏。人生如同一片绿叶，让心如花般充满最美的人生况味。

任何时候，都需要我们审时度势，珍惜拥有，但需适宜而为。

来生，我愿做一朵蒲公英，无牵无挂，无欲无求，起风而行，风静而安。不乱于心，不困于情，不畏将来，不念过去，如此，安好！

娓娓道来——人生是什么？好似是一幅画，是一幅描绘四季，演绎喜怒哀乐的篇章。正如此刻，雕琢着三月的早春，那一群燕子，飞停在古老的庭院衔泥筑巢的情景。

朋友之情

自古以来,俗称人生得一知己足以。

而今,随着经济发展,人文社会的不断革新与社交之需,你会发现,身边的朋友越来越多。

但也有人说过,一生至少要深交四位朋友。

首先,交一个欣赏你的朋友。在你穷困潦倒的时候安慰你、帮助你;其次,要交一个有正能量的朋友,在你情绪低落的时候陪伴你鼓励你;再者,要认识一个为你领路的朋友,自愿做你的垫脚石,带你走过泥泞,迷雾;不管怎样,至少要交一个肯批评你的朋友,时刻提醒你,监督你,让你时刻发现自己的不足,及时补救改正。作为平凡人,我们虽不为英明留千古,但求无悔过此生。当下,若你有幸拥有了这样的朋友,想必你的生活会充满阳光,事业会蒸蒸日上。

财富不是永远的朋友,朋友却是永远的财富。

使我们变得成熟成长的蜕变,往往不是岁月本身,而是经历。尝遍人生百味,有朋友相伴助力,自然看透世事百态,看淡世事原貌。学会主宰生活，不自怜自卑、不哀怨自弃，那一抹柳暗花明的喜乐和必然的抵达，在于自我的修持，朋友的相伴。

所以，朋友之情，君子之交，是人生永远的财富。

Treasure is not always a friend, but a friend is always a treasure.

忘却烦恼

此时，花儿不停地纷飞，任我微笑着转身。

你可记得？花儿不停地纷飞，飞过陈旧的老时光，串起我们一起走过的岁月，折叠成流动在双眸里的温柔与惊蛰，铺衬成一转身的洒脱。

终了，停留在你我相遇的地方，你微笑，我也微笑。

可曾记得？

月圆之时，我把自己送入你的臂弯，亲切地呼唤你的名字，忘却烦恼，喜上心头。

月缺时，夜色冷了。

风停时，你我散了。

亦然，花儿在不停地纷飞，却终究逃不出花心散落……

最终，注定了一场忘却烦恼的结局，就是彼此不相识……

唯有，忘却烦恼，忘却你曾经沿生命的轨迹来到我的眼前……

我言："这次第，怎一个愁字了得！"

你语:"剪不断,理还乱,是离愁。别有一般滋味在心头。"

若心情负荷过于沉重时,一定要学会放下,学会忘记。将那些如影随形的不悦全然抛开,忘记它。毕竟,遗忘是忘记烦恼的最直接、简单的方法。

岁月长,衣裳薄,若抵挡不住直面而来的奚落,忘却就是一种人生智慧,忘却烦恼更是一种人生境界。

盛年复来

法国总统马克龙胜选了,几乎轰动了全世界。他写给年长数岁的妻子的一封情书也火遍了全世界,感动了无数人!你会发现,爱情本来的样子的确那么的美好无瑕。

亲爱的妻子:

是的,我赢了。

我兑现了自己的承诺,我不要你只做我一个人的公主,我要你成为全法兰西的王后,爱丽舍宫的女主人。

亲爱的布里吉特,有人说,你会成为我背后的女人。他们错了,从25年前,你就不是我的影子,你是我人生的灯塔。因为你,我才能成为今天的我。

这一路上,有人嘲笑我,有人看轻我,有人诋毁我。但是,都是因为你,我才能坚持到现在。你知道的,我很喜欢中国文化,所以我采访中经常引用毛泽东和邓小平的话。我相信你就是中国人所说的是有旺夫命的那种女人。

从13岁我第一眼见到你,我就知道,这一生我都将沉沦在对你的爱慕里。我记得你第一次教我法文，俯身下来的一缕头发垂在我的面前。眼睛里全是你的温柔，耳朵里全是你磁性的声音。让我这个喜欢说英文的毛头小子，第一次知道了国文的美妙。

1993年5月17日，我永远不会忘记那一天，第一次亲吻你的脸庞。你还记得吗，我虽然热爱戏剧，但是我却害怕表演。演出前，我又习惯性的肚子疼。豆大的汗珠顺着我的脸庞往下滴，我的全身肌肉痉挛，慌张得找不到自己。我一直在呢喃自语……

"马克龙，你可以的，你可以的。"

"宝贝，不要怕，看着我的眼睛，把手递给我。"你说。

"老师，我害怕，下面的观众太多，我怕忘词，还有空气突然的安静"我心虚道。

"宝贝，相信你自己，你只有15岁，年轻人没有什么输不起。"你鼓励我。

"可是……"

"马克龙，没有可是，站在舞台中央，世界都属于你，而观众都不存在，你只需要看着我就可以了，像平常我们练习那样，演给我一个人看，好吗？"

"嗯。"我攥了攥拳头。

是的，那是我第一次赢了，我赢了全场的掌声，还有你的那个吻。而你却赢走了我的心……

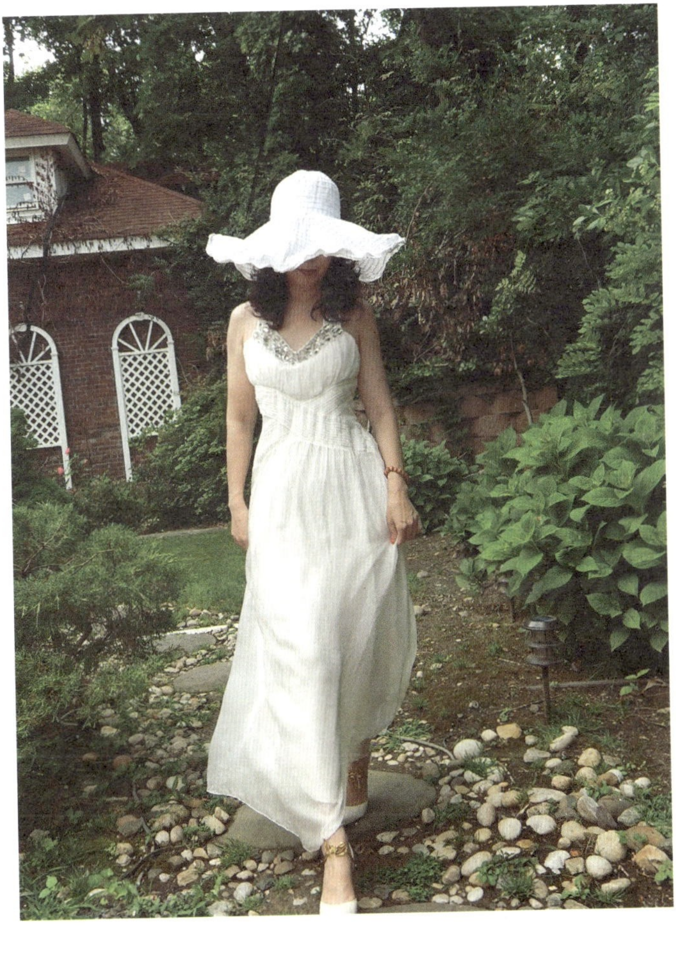

盛年再来

继《盛年复来》篇章，继续欣赏法国总统马克龙写给妻子的一封情书……

接下来的两年，我把对你的爱小心翼翼地收藏，因为我知道，一个17岁的孩子说他爱你，你多半只会当作是孩子对母亲的依赖，何况，我最好的同学，还是你的儿子。

但是，我真的就是爱你。

当我的母亲知道我对你的爱以后，竟然胁迫的为我转了学。你知道的，我抗争过，甚至威胁过绝食。可是，没想到她却找到了你，我不想让你承担这份爱的压力，所以我接受了。

走之前，我许下了人生最重要的承诺，"布里吉特，我一定会回来娶你！"

我知道，送我出校园的时候，你站在教室窗边流下了泪。可是，我知道，这滴泪不会白流，因为你也终于肯接受这份爱。哪怕是为了这份爱勇敢走钢索，你和我都已经准备好了。

当然，我知道，你的牺牲远远超过我，你为了我放弃自己的丈夫和孩子。也许，我们这一生都亏欠他们，唯有我们好好的相爱，才能对得起你前夫的伟大退出，还有三个孩子的成全。我还记得，那时候我们经常打电话，聊着聊着，你就哭了。

"亲爱的布里吉特，对不起，都怪我，是我让你承担了这份压力。"

"马克龙，你不要这么说，爱情这东西，从来都是两个人的事，没有你，我永远不知道自己想要的是什么。"

也许是命运的安排，有了你，我有了软肋，也有了最强大的盔甲。我终于考上了被称为"总统摇篮"的巴黎政治学院，我知道为了我们美好的生活，我只有全力以赴。

你知道在巴黎那些仲夏夜之梦了，我们相会了多少次，每次相会后，我总能再次拿起书本继续研究政治经济学、国际关系学。

2007年，我接到了师兄萨科齐的电话，他正式邀请我进入他的政府工作，得知这个好消息之后，我第一时间向你打电话报喜。我记得，你在为我高兴的同时，也说出了担心："我们的爱情，会不会成为你仕途上的绊脚石？"

亲爱的布里吉特，当你说出这句话的时候，你知道我有多伤心吗？原来这么多年，我依然未能让你在我这寻得一份爱情的心安。

但是，面对法兰西人民的期待，我只得先接下这份工作的邀请，我也有信心能够给国民带来他们所期待的政府。但是，我内心也埋下了辞职的种子。

是的，完成了萨科齐师兄交办的任务后，我义无反顾地加入了投行。我要打消你所有的顾虑，这世界对我来说，唯有你是不可辜负的。

没想到，在投行的工作，让我促成了雀巢对辉瑞子公司的世纪收购计划。当然这也再一次让奥朗德关注到了我，2014年我再受邀入阁担任财政部长。

而你也伴随着最年轻的财政部长，开始越来越多的接受镁光灯的追逐，不知道这次的关注会不会让你压力更大。我小心翼翼，忐忑不安。

布里吉特，你终究是布里吉特，我从未想到，你竟然从容地面对公众的眼光，不管任何质疑、任何轻视，你都能够云淡风轻。你对我的关心，也不再是海阔天空的理想，而是润物细无声的细节。

每天晚上卧室里留着的一盏昏黄的灯，每天早上的牛奶和法棍……

2017年，法国大选来了。我知道，让全世界知道我对你的爱的机会也来了。没错，我决定竞选新一任的法国总统。

"天呢，我激动得不知说什么。我永远支持你的决定！"你激动地说。

既然，我决定惊世骇俗，我就不要代表左翼或右翼，我要成为自己的一翼。带着你的爱与希冀成为勇敢"前进"党！

你陪着我四处演说，每当深夜看着你疲惫地脱下套装，心疼不已。但是，你从未有过怨言，永远站在人群中央，为我加油。就像15岁那样，我演舞台剧那样，给了我无数"前进"的力量。

当然最感动的莫过于，三个孩子带着他们的爸爸一起来支持我，能够争取到他们做我的选民，我觉得已经赢了全世界。

竞选宣言里，我用了我们爱情来回击了所有的质疑者："如果我能在一个外省小城，顶住各种羞辱和嘲笑，和自己心爱的年长24岁的有三个孩子的布里吉特一路走下来，那么我也有这样的执着和自信征服法国！"

是的，我成了法兰西第五共和国总统。

布里吉特，你，会成为传奇凡尔赛的玫瑰。

爱你的：马克龙

连续两章，我以转载的形式，没有加减字句，将它写进我的心情里。说实话，内心的感慨非常之多，千言万语却一字不想言语。但是，想同大家分享的感悟是——盛年不重来，一日难再晨。及时当勉励，岁月不待人。珍惜，珍重！

遇见真我

孔子曰："人不敬我，是我无才；我不敬人，是我无德；人不容我，是我无能；我不容人，是我无量；人不助我，是我无为；我不助人，是我无善。"

人生，拥有一份真情感，并不会因为片刻的疏离而渐行渐远。那种光亮与圆润，在经过岁月的沉淀与打磨之后，反而会越久越温和。

这一生的交集，无论悲喜，莫问距离。我的思绪里，始终有一个伊甸园。不管多么荒芜的城池，都繁盛着情意。也都有人编排好普众的宿命台词，将前生与今世的故事重复演绎。

唯有遇见真我，方可心安。或许光阴，不小心丢失了某些印记，请别急着寻觅，只等那岁月的潮汐退去，豁然浮现而出的光亮就是生命鲜活的轨迹。

凡事，不以他人之心待人，多一份付出，少一份计较；

凡事，不以他人之举对人，多一份雅量，少一份狭隘；

凡事，不以他人之过报人，多一份平和，少一份纠结，坚持内心的平和，不急不躁不骄，多一份雅量，一切随缘！感恩生命中遇到的所有人！

终其一生，遇见真我，清欢真诚，让心灵随时去旅行，远离欲望，寻找宁静，聆听微风徐徐，一览自然界的辽阔与苍茫；或让心灵采菊东篱，归隐于山，身临于溪边，不辜负惊艳美丽的风景。

万紫千红

五月的天，正是春末夏初，好像是一张最温柔深情的笑脸。

五月的纽约，仍有刚入春时的料峭之寒意，也有盛夏时的炎炎浮躁与慵懒。

清晨，信步来到庭院，一席微风拂面，阳光正好，搬来方凳置身其间。花园角落，牡丹花公主的花枝蔓延开来，繁茂的叶间，挂满密密的含苞待放的花蕊。

刚刚栽种的花苗，竟也争先恐后郁郁葱葱，盼望期待着长出嫩嫩的苔苗。不由得感叹，植物的耐力令人羡慕不已！

如雪的樱花姑娘在微风中把片片花瓣撒向大地，一大片，一大朵，你挨着我，我挤着你，层层叠叠的花瓣在微风中跳起了华尔兹；一棵棵紫色的玉兰花，像一个个高贵的妇人亭亭玉立；娇嫩的海棠也笑盈盈的迎接夏天的到来。

夏天来了，风中透着香，雨里裹着蜜，好一个万紫千红的世界！即兴赋诗一首——《万紫千红》，迎接夏天，迎接五月。

  暂别紫台自飘摇，何惧风雨冷潇潇。

行者致心

不见昨夜雨临处,聊以新颜待今朝。

深居俯城夏犹新,芳草覆地才觉绿。

微雨掠过荷叶摇,唤我溪边画轻舟。

绿芽断花心之碎,云之覆叠梦亦然。

珍惜当下

落地为兄弟，何必骨肉亲！得欢当作乐，斗酒聚比邻。盛年不重来，一日难再晨。及时当勉励，岁月不待人。

再过若干年，我们终将一一离去。

对这个世界而言，我们彻底变成了虚无。

我们奋斗一生，带不走一草一木；我们执着一生，带不走所谓的虚荣爱慕。

今生，无论贵贱贫富，总有一天都要定格在人生旅途中的最后一步。遥想，游走于天国之际。蓦然回首一生，形同虚度。

三千繁华弹指刹那，百年之后，不过一捧黄沙。请善待今生相见与相识中每个人。

或许，誓言要一生为友的人，转身便成最熟悉的陌生人。

或许，说好明天再见的亲友们，一梦初醒后便天各一方。

所以，趁时光不老，生命不息，珍惜珍重皆为好！不给人生留下太多遗憾。因为再好的缘分也经不起敷衍，再深的感情也须珍惜。

有利时，不要不让人；有理时，不要不饶人；有能时，不要嘲笑人。太精明遭人厌；太挑剔遭人嫌；太骄傲遭人弃。

人行走在世间，到最后本是一场空。何必处处计较步步不让？

话多了伤人，恨多了伤神。与其伤人又伤神，不如不烦神。

一辈子就图个无愧于心，悠然自在。

世间的理争不完，争赢了失人心；世上的利赚不尽，差不多就行。财聚人散，财散人聚。幸福由内而外，日子才轻松自在。

风华无双

开辟鸿蒙，谁人情种？都只为风月情浓。

喜欢每一个可以与阳光交谈的日子，守着一窗幽静，半盏暖香，思绪微微合拢，繁嚣淡入清宁，眷念仅在心空，晓来风月浅浅书写。

即便，千回百转的情节里没有主要角色也无妨。而时光，也只是一个人，一种姿势慢慢老去，正如鸟儿与山林的对白，莺歌声渐起之时，身形早已远遁于距离之外。

那么，只需将思绪隐入晨钟暮鼓。然后，落坐回原地恪守寂静，点滴之韵以回味，依旧暗香浮动。

我希望你和我一样，合上书以后，会像经典故事中的英雄一样，坦然接受自己的命运，认清自己的使命，然后踏上漫漫征程，继续斗志昂扬，一路向前。

忆往昔峥嵘岁月，细数春秋，将风华正茂的心念珍藏在朝气勃勃的时光里；所以，请记得带上初心，一路向前。

若有"可怜河边骨，犹是春闺梦里人"出现时，请挥一挥衣袖，坚定信念，以傲娇的步伐信心满满地走向下一站的时光里。

比翼

齐飞

回首向来萧瑟处,也无风雨也无晴。

有人过说:"如果你不够优秀,人脉是不值钱的,它不是追求来的,而是吸引来的。只有等价的交换,才能得到合理的帮助。"

虽然,听起来很清冷,但貌似又是事实。

每当收到好友的问候——"你还好吧?"

其实,仅仅四个字,但饱含着深厚的惦记、温暖与关爱。

今天,心情非常好。在微信圈里,晒了几张照片以慰问大家,给生活一点作料。我们要将每一天都当作人生的最后一天好好珍惜,活好当下最重要。毕竟,人活的就是一种心境。人生的许多变数,取决于天、地、人的运转变化,天时地利人和三者俱佳,则凡事自顺。

人的一生,小事无数。而人生的大事,有人说过要尽人事以听天命,常人岂能奈何?所以,为小事而常介怀不值;为大事而常悲戚不该。

人生,其实就是一个不断选择又不断放弃的过程。有所放弃,才能让有限的生命释放出最大的能量。没有果敢的放弃,就不会有顽强的坚持。

放弃是一种灵性的觉醒,一如放鸟返林、放鱼入水。

当一切尘埃落定,往日的喧嚣归于平静,我们才会真正懂得:放弃也是一种选择,失去也是一种收获……

正如,身无彩凤双飞翼,心有灵犀一点通。

赢得人生

人,其实不需要太多的东西,只要健康地活着,真诚地爱着,主动选择自己的生活,也不失为拥有一种富有。

从来都没有哪一种人生是不艰难的,这或许也是生活公平的表象。你永远不知道自己有多坚强,直到有一天你发现除了坚强,还是坚强,再无别的选择。没有哪一种生活或哪个年龄段不会遭遇辛苦,与其说我们的努力是为了挣脱,更不如说,是为了可以拥有更好选择的资格。

人生的道路上时时刻刻都在选择,不仅仅可以选择自己喜欢的生活方式,选择自己喜欢的工作,选择自己交往的圈子,更要选择自己想要成为怎样的人。你若不主动选择生活,便要被生活挑选;你若不掌控自己的生活,就只能眼睁睁地被别人左右。

正如,一生中,有很多事情足以将你打倒,但真正打倒你的却是你自己。

我非常喜欢的一句话,同大家分享:"这世界上有一种赢的方式,而且是最直接的方式——那就是一个人有能力选择自己的人生后,知世故而不世故,才是真正的成熟。"

十年磨一剑,霜刃未曾试。今日把君问,可有不平事?

十步有来客,千里未留行。明日再知否,可有小思绪?

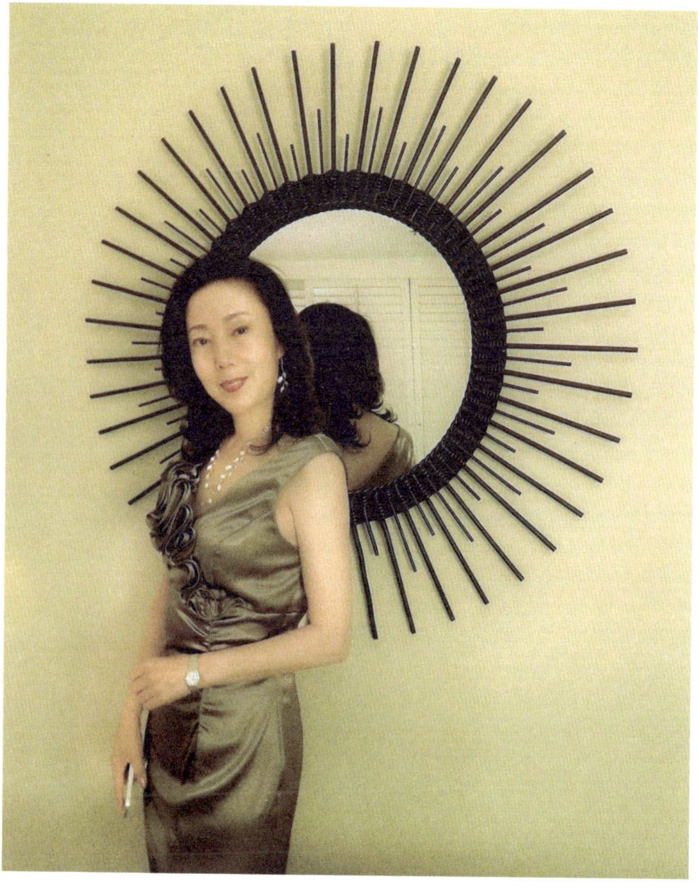

浪花

无痕

我向往阡陌柔和的清风,愿做天空飞驰的云朵,朝着碧绿无垠的原野,搜寻我前世今生的相遇印记……

人活一世,每个人都会有很多机会和运气,人生最大的运气不是捡钱,也不是中奖,而是遇到一个贵人高人,如父母亲、领导、老师、朋友、同学等,打破你原有的基础思维,提高你的思想境界,可以引领带你走向更高的意识平台!

每个人的成功都离不开小人的打压、高人的指点、贵人的帮助和自己的努力。

其实,限制人生发展的不是智商、学历、背景,权势,而是你所处的生活圈子和工作圈子!

珍惜生命中我们身边的每一个贵人,值得交往的三种人是你一生的幸福:入世的强者、出世的智者、阳光的慧者!

人生是一场盛大的遇见,欣赏一个人,始于颜值,敬于智慧,合于性格,久于善良,终于人品。

我欣赏这样的人，心灵永远保持"人之初"的纯洁，人品永远维护"上善若水"的姿态！

我更喜欢，人生路上每个感动的瞬间，触及生活中细小的浪花，留作生命中永恒的回忆……

若你懂得，就请珍惜！感恩生命中的所有贵人！感恩的心，感谢有你！

俏丽

时尚

俏丽如三月之花，清素若九秋之菊！都说，女人之味在于内涵与神韵。

女人有味道，三分漂亮可增加到七分；

女人无味道，七分漂亮可降落到三分。

再言，女人可以不漂亮，但不能没有女人之味；

女人可以宽容，但不能粗糙；

女人天生有母性，但不能絮絮叨叨；

女人可以没有高学历，但不能没有知识；

女人可以没有金钱，但不能没有自尊；

女人可以没有气力，但不能没有善良；

女人可以没有权威，但不能没有修养；

女人，永远不要把"富贵"挂在嘴边，要把"高贵"标榜在你自信的脸颊上！只有懂得不断修正、完善自己的女人，才能优雅地活到老！

奥巴马曾深情款款地对他的"女人"、他深爱的妻子说过：

"在过去的 25 年里,你不仅是我的妻子,我孩子的母亲,还是我最好的朋友,你接受了一个没有预想到的职责,并用你的典雅、坚毅和幽默把它变成了你的职责,你是我的骄傲,也是这个国家的骄傲。"

周末时光,驱车郊游,正好路过 President Barack Obama Hwy 西棕榈滩,抬眼看见这个路标时,又想起了奥巴马这个"伟大的男人"对他深爱的女人所给予的赞赏。女人,长得漂亮是姿势,活得漂亮是本事!优雅、自信、高贵而有尊严地生活,才不枉美丽地走一世!

长久以来,我们均认为没有嫉妒心的女子,神态会恬静,脸如秋月般静美;同样,没有嗔恨心的女子,常有柔顺似水的品行,眼神会非常清纯而水灵;常能轻言细语,不说粗话,且能常随喜赞叹别人,可以吐气如兰,成就甜蜜动听之音声;不邪淫之思者,可得高贵圣洁之相,气质优雅,楚楚动人;无骄慢之举者,可成就朴实清纯之相,有山泉涓涓流淌之美感;对万事万物心存爱心,常行布施的女子,因平等之爱心,而生出母爱般的光辉,成就神彩照人的慈和之美;不贪婪、不抱怨之女子,因神气清净内敛,可得丰满圆润之体韵,并有柔弱无骨之美感,做事专注、用心纯正。具有这些诸德之女子,气注神凝,长久肌肤纯净如凝脂,神态恬美大方,静如皎月,动如波光熠动流淌，自然成就淑女诸种美德，形神魅力无可抵挡，俏丽时尚无可比拟。

天妒过客

"问世间，情为何物，直教人生死相许？天南地北双飞客，老翅几回寒暑。欢乐趣，离别苦，就中更有痴儿女。……"

车走远了，还有下一趟；人走远了，就再也找不回来了。

在绵绵薄情的大千世界里，要学会好好珍惜对你好的那个人。因为世界那么大，有人对你好，是你的骄傲；人心如此之小，有人心里装着你，就是你的自豪；也总有一个人把你看得很重、很重，失去什么也不肯失去你。你在他的生命里就是唯一，是珍宝。

在浩瀚的人世间，金钱能买得起真正的奢侈品，但是却无法买得到一颗真正惦记你的心！让我们在这个薄情的世界里深情地活着。古与今人非雁，传说神话变笑话，无言对与错，只需用心予情珍惜、珍惜、再珍惜！

人生很短，天涯很远。微笑着珍惜散落在你面前的每一缕阳光，珍惜那个站在阳光下给你承诺的人。不管几时，尽管繁华散去，他一定会是那个站在你身后同你一起安享岁月之人。

即便落花散成风前舞,晓来庭院半残红。他也会温情以待心默许,相依相守相依偎。若千秋如梦独倚晨,自有情义在心头。

在时间的无涯荒野里,我们一定要学会感受生命的暖意。一瞥一惊鸿是过客,一生一世界是执着。

正如此刻,在夜深灯暗时,忘记忧伤,忘记夜的漫长,保持心灵愉悦,安然入梦。潇洒无边,继而天妒过客。

不亦乐乎

生活是一种律动的光影,过去、现在与未来。可谓,有朋自远方来,不亦乐乎。志合者,不以山海为远。正如朋友相聚时,心情极其愉悦。

阳光、沙滩,美女帅哥如云!欢声、笑语,开心快乐无比!

昨日,你呐喊了一天,我却没有听懂。可是,阳光真的好暖。

这样美好的意境,我怎能悲伤呢?若要伤那就再悲伤些吧!

正如徐志摩的诗一样——悄悄的我走了,正如我悄悄的来;挥一挥衣袖,不带走一片云彩。

此刻,有一束光仿佛从梦中走来,温柔地陪伴我。

似水流年,花去了,一把青丝柳飞扬,一把飞花如倾舞,竹泪斑斑,一地阑珊!

小路,在光阴的隧道里延伸出来……

浪漫在亲吻着唇角,温暖的春天是否也亲吻了你的脸颊?于是你的舞步也有了如摇滚般的节奏,大戏一开场,如飞花戏迷沉醉了双眸……

　　有朋自远方来，不亦乐乎！

人生几何

道丧向千载,
人人惜其情。
有酒不肯饮,
但顾世间名。
犹如贵我身,
岂不在一生?
一生复能几,
倏然流电惊。
鼎鼎百年内,
持此欲何成!
时过境迁程,
人生几何载?

粉红回忆

茫茫人群中，一眼就认出了你熟悉的样子。那是一种灵魂相吸、心性相认的魔力。正如，我爱你没有任何贪图。如果真要找出一个，那就是纯真的、真挚地希望你幸福。

人生，总要面对，不仅是容颜老去的警示，更多的是回眸后的警醒。更多时候，或许一切都将成为炉火旁温暖的回忆。在老去的路上，即使身边没有你，却依然想念着你，心里有你的陪伴就足矣！

粉红回忆，总是泛着丝丝甜蜜与幸福。犹如在浪漫的夏天，你的一言一语都凝成回忆装点出半世的追逐，一生的想念。

粉红回忆，总是能拼凑出一片片枫叶的模样，默默地跃动在心涧。谱写出一首感人的曲子，在无尽的苍穹里演绎满天的星际，一闪而过簇成永恒的瞬间。像流星般绚丽，倏然间点亮整个夜空。夜雾凝结成静默，随回忆融入黑色的旋律之中。

偶遇

涟漪

一席红衣摇正红,

两岸春色即阑珊。

谁家女子桥上依,

俏影疑似飞仙降。

回眸百媚娇羞涩,

丽姿含月翩跹舞。

惹乱游人顾盼怜,

侬倚水边鸟欢荫。

重演人生

人生如梦，若能重演或无休止地重演，犹如那场痴了天涯的忧伤烟雨，回眸散了满地的芬芳，埋葬了花魂一般，又像影子一样没了分量。

无论是否若有若无地镌刻在苍白的流年里，还是曾认真地伴随着那些细碎时光穿越千万年，都将变成一个永远的、梦幻般的伊甸园。

又正如那些缥缈的流沙，化不成烟雨无法散去。于是，只能让它们变成虚空的文字重演。

也许，这是一种让我难以置信的闲愁；也许，这一切皆被笔墨描摹。

如果人生可以重来，我将试图努力定格时钟，涂改一次又一次的风景。

可是，情缘真的不负相思吗？一颦一笑，一语一言便真的能温暖彼此的心怀吗？

幻想重演或幻想无休止的重演——这沉重的思维，将把我沉没在笔墨的汪洋里。多少时日，我一直思考，想凭借回忆的折叠重演，然后涂改，再次定格……

无意苦争春，一任群芳妒。零落成泥碾作尘，唯有香如故。

总有清风

鲁迅先生笔下曾如此描述过——"世上的喜剧是把没有意义的东西拼凑起来给大家看,而世上的悲剧是把有意义的东西撕破给大家看。"

实际上,当你每完成一件事情,幸福感是与心理预期成反比的。幸福感真正来源于事情过程中的帷幄、筹划与实施。

正如,期望越高,失望越大。心理预期越高,在事情做完后,你的心就越倾向于——"这本来就是理所当然的",幸福感便会越低。只有降低预期,在头脑中将失败作为一种可能的结果并提前接受,才能少些戾气,多些淡然,以平和且坚定的心态面对挑战。

往往造成这种痛苦的根源是在于自己的自卑心理,且不要把"帮助当施舍",将"感恩当借贷",从而造成了"人格障碍"的缺失。而且,生命之曲目开始时原以为是一则"农夫与蛇共舞",结果却演出一幕"卧薪尝胆共谋"的渣戏。

感情是一门精确的科学,扪心自问心是否足够安分,方可心安。

一个人如果永远只活在自编自导自演的谎言世界里，不及时醒悟且不改变，便会失去最大的自尊，甚至是没有自尊可言。

所以，人到中年之际，就一定要学会珍惜和珍重，用情暖人，用爱鼓励人，以宽容之心包容身边的人和物，成为真正的行者。

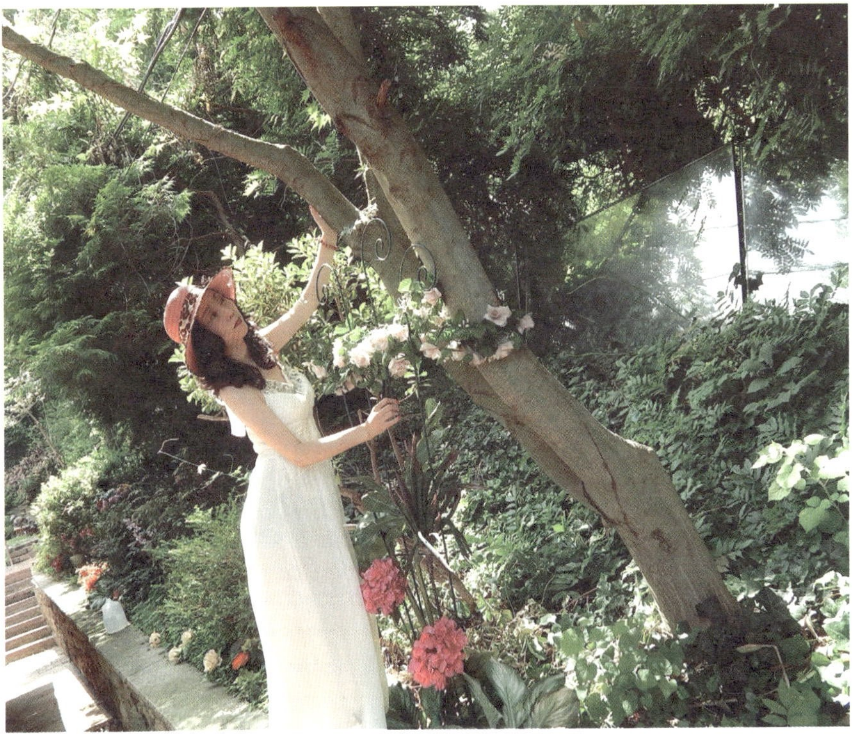

精神高贵

请君试问东流水，别意与之谁短长……

告别是一种心情，也是一种决定。

南飞的大雁是对北方寒冷的告别；秋天的落叶是对炎热夏季的告别；雨季是对干旱的告别；彩虹是对风雨的告别；山重水复后的柳暗花明是对迷失的告别。

每一次的告别，都有一个故事，或激情燃烧，或凄美动人，或惊心动魄。

告别不是遗忘，而是转身，告别不是放弃，而是开始！

活人墓前哭泣逝去的斯人，是活人向死人告别，借助泪水表达内心恕罪忏悔之情！

人世间一切都有因果关系！与亲人一起享受生活，品味人生苦短！即便偶尔吵得不可开交，终究是血浓于水。可一旦失去，将是万劫不复的疼痛。今天的微笑也许就是明天的永别，请珍惜身边的每一位亲朋好友！

一个人有"自我救赎"的能力方可拥有难能可贵的"精神

高贵"！高贵是一种情怀，是一个人精神气质上的富足，更是随和与平和。心灵的殿堂里永远供奉着一颗平和的灵魂。高贵是灵魂的诗意栖居，更是精神风骨和优秀品质。

  正如夜色下的安静，演绎的是另外一种寂静时光所给予浮躁的吸引与沉淀……

清风明月

> 众鸟高飞尽,
>
> 孤云独去闲。
>
> 相看两不厌,
>
> 唯有敬亭山。

今有清风明月为伴,行一叶扁舟,杨岸边垂柳,话一语闲情,向流年岁月倾吐。

坦坦荡荡漫过生活,简简单单行走人生。

无情的是时间,珍贵的是感情,温暖的是遇见。

要好好珍惜、把握,踏实做事,坦荡为人。低调做人,高调做事;心无恙,奈我何,幸福花开,心静如水;守静养志,以德养心。

记得美国小说家约翰·巴思(John Barth)曾这样写道:"你经历的人生不是你的人生,而是你体会到的人生。"

换句话说,你生命中发生的具体事件并不那么重要,重要的是你如何描述自己的人生历程。

那些描述会在你的大脑中一遍遍回放,让你反复回想极具意义的事件和与人交往的经历。你试图理解其中的意义,从而找到自己在这个世界中的位置……

当你想开、想明白了,就放下了一切放不下的……

从而悟彻觉醒,才会没有枉心地走过这一辈子的人生!如同享受周末好时光,在夕阳余晖落尽之时,觅一抹休闲瞥见最美的风景。

花自飘零

> 行道迟迟，载渴载饥；
> 我心伤悲，莫知我哀！

蛹羡慕地对蝴蝶而语："你真漂亮，整天可以飞来飞去。既美丽又自由，真羡慕你！"

蝴蝶对蛹微微一笑："只要你愿意离开束缚你身躯的硬壳，也可以跟我一样自由飞翔……"

蛹便毫不思索地回应道："不行！如果那样，我会死的！"

殊不知，一个愿意历经蜕变和重生的人和事，才会获得更多的美好。如果舍不得、放不下现在的躯壳，就只能永远圈居在冰冷的硬壳里去羡慕他人。

正如特蕾莎修女所言："我们以为贫穷就是饥饿、衣不蔽体和没有房屋；然而最大的贫穷却是不被需要、没有爱和不被关心。末后的时代，物质的丰富无法掩盖精神的贫穷；光鲜的外表，无法隐藏心灵的虚空；社会的进步，无法修饰爱心的冷漠。"

当蛹在努力、勇敢地破茧成蝶时，为梦飞翔，落羽牡丹亭花，絮絮如王。

上天，给了我们一次珍贵的生命，一颗美丽的心灵是为了以快乐的心境去感受万世万物，感悟人生真谛，而不是以煎熬或苦闷来消耗生命。

所以，人生短暂，岁月浅薄，尽量不要亏待自己。与命运不争，与时光不抢。花自飘零水自流，一种相思，两处闲愁……

善待生灵

生灵万物，唯有心诚满相待，便是天地和。犹如动物中最有灵性的生灵——狗。

狗，人类永远的朋友，对人友好，忠实，永远为人类服务。

狗，也是人类最亲密的伙伴之一，对主人可谓忠心耿耿，自古就有忠诚的美名。狗不嫌家贫，始终跟随主人，保护主人的利益，甚至在关键时刻能与主人同生死共患难。所以，人类社会要和谐发展，就要同自然万物和谐相处，要尊重、爱护和善待万物生灵。

狗，以摇尾巴、亲热等来表达对主人的友爱，依恋人、博人欢心。它虽不像人类那样有很强的思维能力，但它有情感的热度。

达尔文曾说："对人的爱已经成为狗的本能。"它们没有强烈的荣誉概念，不受金钱的诱惑，唯一的理由就是忠诚的本性。

相对于我们而言，拥有一颗善良的心，并散发出强大的磁场和魅力，不管身处何方都能照亮、温暖四方。有正能量、正气正心、正言正行，方能走好人生的每一步！

清风拂面

时光静好与君语

细水长流与君行

繁华落尽与君老

清风拂面与君享

想必这一生,总会有那么一个人,牵着你的手将爱融入生命,倾一世温柔,暖一世深情,待青丝鬓染成白发,看细水长流。

生命是一场宿命之缘,从起点到终点,注定灰飞烟灭。

有缘尘世,来过,爱过,痛过,学着坦然微笑相待。

韶华易逝,纵人情变幻,亦感恩曾经拥有真挚同行一程。

寄愁心与明月,随风直去夜语休,无处不飞花,寒食东风御柳斜。缘深缘浅,且行且远,且看且珍惜……

风轻雨雾

有一种爱，途经岁月，暖了光阴，美了等待，润了流年，醉了心海。

唯有相守相望，执子之手才是我们的深情对白。

铭心的遇见，一次就好；真挚的爱恋，久经风霜，一世相伴就好……

留一份云淡风轻，给自己。在宁静中感受那种淡如清茗的情怀，相拥滚滚红尘中难得的从容和淡定，只要开心足矣！

请适时将自己"归零"，重新开始，遇见更卓越的自己。

人生最大的敌人莫过于自己，敢于从"一"做起，便能取得新的突破，挑战自我，超越自我。

遇见美好的一天，请珍惜珍重时光的优待！

宁静致远

夜晚的海边十分宁静，没有嘈杂的说话声，没有喧闹的汽车声，只有柔和的风声和美妙的浪涛声。

仿佛时间在安静中行走，一闪、一闪的星星在夜空中对视，期盼圆月升起……

安静，是心与心的独特交流，是眼睛与眼睛的无声对话；是十指相扣的温暖，是唇齿相依的温柔。

安静，又是一种修养，更是一种底蕴，是源自心灵深处的思考，有着不能言语的魅力。

如果生命是一幅浓淡相宜的水墨画，安静便应是最美的留白。

安静是一池素色的荷莲，在某个远离尘世的渡口寂静地开放。

安静更是一弯皎洁的明月，任世事轮回千年，依旧守着一怀恬淡，不杂纤尘。

人生的幸福在于祥和,生命的祥和在于安静。

安静是一种归宿。闭上眼就能看到另一个世界,是心的世界,静心就能聆听到大自然的另一种声音,也是最美的声音;抬起头就能领悟到生命的真谛,是生命存在的意义。

安静之时,抬眼凝望天空,众鸟高飞尽,孤云独去闲。相看两不厌,唯有敬亭山。

嫁给幸福

女人

都有一个最美的理想目标

能让自己欢欣鼓舞

就像飞向火光的灰蛾

甘愿做烈火的俘虏

摆动着的是你不停的脚步

飞旋而来的是你美丽的流苏

在一往情深的日子里

谁能说得清

什么是甜 什么是苦

仅知道

确定了就义无反顾

要输就输给追求

要嫁就嫁给幸福

嫁给幸福

是女人终极的愿望

时光总在磨砺中绚丽

时间总在指尖中流动

你若要幸福

最好是

嫁给幸福

流年似水

人生不过是百年，弹指一挥间，倏然而过。

细细想来，掐指一算，我们不过是这个世界的过客而已。聚散悲欢，终会飘散在岁月的长廊中。

放下一切，修一颗自在心！宠辱不惊，静看世间花开花落；去留无意，漫随天外云卷云舒。

一盏茶，一卷书，一幽梦，享静默简单的春秋。

远离浮华，把点滴心音吐纳。空山鸟语，松竹古寺，溪泉飞瀑，作壁上观。神游其中，乐而忘返。不求留名于世，但求无惊于世，无扰，拥一颗净心。

心若无尘，清风自来。一念清净，处处莲花开。从此岁月静好，也无风雨也无晴。心静了，则身安，如此便好。

感谢有你

让我怎样感谢你

当我走向你的时候

原想收获一缕春风

你却给了我整个春天

让我怎样感谢你

当我走向你的时候

我原想捧起一簇浪花

你却给了我整个海洋

让我怎样感谢你

当我走向你的时候

我原想撷取一枚红叶

你却给了我整个枫林

让我怎样感谢你

当我走向你的时候

我原想亲吻一朵雪花

你却给了我银色的世界

生死
曲终

一天很短，短得来不及拥抱清晨就已经手握黄昏。

一年很短，短得来不及细品初春殷红窦绿就要打点素裹秋霜。

一生很短，短得来不及享用美好年华就已经身处迟暮。

人生，总是经过的太快，领悟的太浅。所以，我们要学会珍惜很多、很多。珍惜亲情、友情、同事情、同学情，珍惜情与爱。

一旦擦肩而过将永不邂逅，回忆如此短暂的人生，活出精彩瞬间……

静坐于流年一隅，看桃花盛开，看绿意如染，采一朵花的馨香，携一缕柳韵之温婉。静听风，枕花袭，放下喧嚣与杂念，停格时间，只愿记住那次与桃花的初见，抚琴一曲，不问曲终人聚散。珍惜珍重，一花一时节，一语一世界！

人生态度

匆匆时光,从我们的凝望中,从我们的沉思中,从我们的期盼中,悄然无声地流淌而过。

年华易逝,青丝变白发,容颜之美不过刹那光华,长得漂亮是姿势,活得漂亮才是本事,且活得充实才是人生最美的答卷!

一个善良的人就像一盏明灯,照亮了周围的人,温暖了自己的心。善良无须灌输和强迫,只会相互传播。

所以,做人不一定要顶天立地,轰轰烈烈,但要善良真诚。人心不是索求而来的,而是和善而就。施人温暖,才会拥有阳光;施人真心,对方才会予你和善。

他人,是一面镜子。假如持猜疑心就会身陷不安;持指责心就会处处遇阻;持宽厚心才能一切相安。君子有容人之雅量,故处处生祥。人生最幸福之一莫过于将喜欢的事做好且做成事业。

所以,听从内心,是输、是赢已不再重要,重要的是人生态度与人生格局。

行者致心

文字感悟

生活,是柴米油盐的平淡,是行色匆匆,早出晚归的奔波;是人有悲欢离合,月有阴晴圆缺的遗憾;是行至水穷尽,坐看云起时的峰回路转;更是灵魂经历伤痛后的微笑怒放;是挫折坎坷被晾晒后的坚强;是走遍千山万水后,回眸一笑的洒脱……

忙了,请你注意休息;烦了,请你记住微笑;累了,请你停下歇歇;苦了,请你继续坚持;伤了,请你保持信念;急了,请你稳定情绪;怕了,请你勇敢面对。

时光浓淡相宜,人心远近相安!明天,太阳依然会升起,脚下的路继续向前。

生命的美,在于平和;生活的美,在于平淡。

天若有情天亦老,月如无恨月常圆。

以文字归纳生活,可谓是最淳朴、最直率,且透着几分无奈的万千感慨。

以文字来感悟生活,或许在形态上太过于苍白,又过于现实则会过于骨感，内容上又不是那么唯美。

犹如，生活里有春暖花开的季节，充满希望和期盼，充满多情与浪漫。生活更是一首感人至深的诗歌，如那一抹心底的念想，镌刻在如水的记忆里嫣然绽放；生活又是一支清新典雅的乐曲，那一声心中的吟唱，在漫长的人生轨迹里回荡情长。散发善美柔情，散发醉人芳香。

而，生命更像是一纸素笺，有唯美感人的故事，有四季轮回里的斑斓色彩。若红尘里有爱，便有了刻骨和美丽的牵挂。回忆里甜蜜的惆怅萦绕在心间；酸涩的期待徘徊于心底；便产生了一种难舍的眷恋盘亘在心里。

生活是一帘娓娓心语，是一场幽幽之梦，是一首绵绵心曲，温婉和惬意。倚窗遥想,回味绵长。那些如风的情愫，如雨的思念，若烟似雾，轻轻地在心底氤氲如画。当文字走进生活，描述生活，感慨生活的时候，一定要心情芳菲，温馨满怀。

毕竟，文字可以描述许多生活的故事，起起落落，沉沉浮浮，寻寻觅觅，恩恩怨怨。

但，生活处在喧嚣一隅，尘世一处，要学会感受安然自得；学会在浮华背后，独享一份宁静，拥一份自然清纯的真情，顺其自然，以淡泊之心笑对人生。

奔跑人生

"鹰,不需鼓掌,也在飞翔;小草,没人心疼,也在成长;深山的野花,没人欣赏,也在芬芳。"

所以,做事不需人人都理解,只需尽心尽力;做人不需人人都喜欢,只需坦坦荡荡。坚持,注定有孤独彷徨,质疑嘲笑,也都无妨。奔跑,注定会摔倒,就算摔的遍体鳞伤,也要撑起坚强。因为一世并不长,既然到世间,就要活得漂亮!

世界那么大,有人在奔跑,有人怕摔倒。路上坎坷一样,不一样的是,奔跑的人心里只有目标,怕摔倒的人总是盯着路上的荆棘。最终的结果,奔跑的人到达成功终点,怕摔倒的人,纠结一生,枉费才华,遗憾终生!

没有一条路不是坎坷的,没有一个人不是经历磨难就能获得成功的!坚持,奔跑,相信,结果就是成功!得欢当作乐,斗酒聚比邻。盛年不重来,一日难再晨。及时当勉励,岁月不待人。

生命的意义在于奔跑,奔跑的过程中,会产生一股无穷无尽的力量。正是这股力量,让生命绽放得更绚烂多彩。

人生不过几十载,只有奔跑与追求才能突显生命的价值。不奔跑,就会落队,不奔跑,就有可能丧命。

无论你是猎豹还是羚羊,当太阳升起的时候,你要做的第一件事情就是奔跑,尽管大多数人为了生存而奋力奔跑。

或许,奔跑了一生,最终没有到达彼岸;亦或许,奔跑了一生,始终没有登上峰顶。但是,抵达终点的不一定是勇士;敢失败的,未必不是英雄。不必太关心奔跑的结局如何,奔跑了,就问心无愧;奔跑了,就是成功的人生。

奔跑是人生固有的姿态,保持这种姿态和意志的人,一定能够减轻脚下的重负,达到生命之巅。

人生梦醒

我喜欢从东到西，展读一册江川，祈祷那些诗句如舟楫，沿着记忆的渡口，驶入你的千山……

静静的端详，淡淡的微笑。斟一杯属于自己的清茶，品一品尘世人生的薄凉；不辜负，绵长岁月的酝酿；不强求，物是人非的跌宕；

品茶，给了我人生最好的境界，丰富而安静。守着心扉，不怨不艾，不悲不喜。

在这个喧闹的充满物质欲的世界里，常常使我想起莎士比亚对生命的嘲讽："充满了声音和狂热，里面空无一物。"

孤单，是一个人的狂欢；狂欢，是一群人的孤单。在生活中，忙碌甚至于让人焦头烂额，离幸福愈远；甚至与灵魂相离。偶尔，你该喝喝茶看看书，让身体歇歇，等一等灵魂让它与身体一起同行！

布施灵魂，断恶行善，改过忏悔，谦卑礼佛，守礼持戒；原谅解脱，知足放下。

三千繁华，弹指刹那，百年过后，不过一捧黄沙，在世如莲，净心素雅，不污不垢，淡看浮华。

人生梦醒，生活中难免遭遇痛苦，生起烦恼，但不必为此自我折磨。放下回归平和，回归自然。时常给灵魂放生，给灵魂一次轻松的旅行。人生梦醒，世界就在眼前。

人生有梦

人生有梦，心念无声。

每个人，心里都有一个美丽的人生梦，梦中是希望，是憧憬，是纷繁生活中独特的一个世外桃源。

每个人，心里都有一份念，或许是前世的约定，或许是今生的情结。在喧嚣的光阴里辗转覆辙。那些缱绻在梦里的初心，或远或近地轻落在心灵的港湾。

人生梦里，花开花落，山水几重。一抹情丝，莞尔一笑，仿若梦归故里。

但，梦回现实，我们要明白——真正会做人的人，往往都会做事；真正会做人的人，首先懂事。懂事者，懂得尊敬尊者，敬爱长者，同情弱者，扶持幼者，报于恩者，施于亲者，谊于友者，跟于先者，领于后者，学于能者，效于贤者；懂事者，懂得诚于心，忠于君，恒于志，仁于人，义于公，礼于道，智于理，信于正，勤于事，谨于言，慎于行，敏于察；

懂事者，懂得知寒问暖，知进知退，知行知止，知奢知俭，知舍知得，知余知缺，知是知非，知大知小，知急知缓，知收知放，知真知假，知梦知醒。

概而言之，懂事者能自制，能自制者，方免于被法治、人治；

懂事者能自省，能自省者，方免于被提耳、面斥；

懂事者能自责，能自责者，方免于被他责、众责。

努力做人、勤奋做事，成就生活之美！

人生有梦，方能成就丰富的人生世界！

人间有情

"乘风破浪会有时,直挂云帆济沧海。""天生我才必有用,千金散尽还复来。"

如果你感到委屈,证明你还有底线;如果你感到迷茫,证明你还有追求;如果你感到痛苦,证明你还有力气;如果你感到绝望,证明你还有希望。

从某种意义上,你永远都不会被打倒,因为你还有你自己。

美好的一天从"自己"开始!我们每一天努力忙碌、用力生活,却总在不知不觉间遗失了什么。

面对不断膨胀的物欲,我们需要的是一颗能静下来的心。多余的财富只能够购买多余的东西,人的灵魂必需的东西,是不需要花钱购买的。

所以,静心的方式之一就是心怀诗情画意方知生活美,犹如花自飘零水自流。一种相思,两处闲愁。此情无计可消除,才下眉头,却上心头。愁如千山暮雪,心徘徊在午夜梦回,即便诗情画意,美丽的容颜也不会激滟一惊。静心水中月,愁云千里泻。挥之又来去,唯有萦怀心。蛰伏在心的背后,惊醒了隐藏的疼痛,便是一滴滴的泪,一阵阵的雨凝结而成的张望……

所以,让人间的美好与树木枝头的红枫一样漫舞无边,婀娜成世间最美的风景。随时光流转,随沧海桑田都化成一缕云烟,在时光中渐行渐远。一生天涯,终有一天,必将到达属于自己的远方。

人间有味

常怀感恩心,一生无憾事。

常念恩人好,一生无悔事。

人间有味,自有真情在。

人生有爱,自有情意浓。

杨绛先生说:"我们,曾如此渴望命运的波澜,到最后才发现,人生最妙曼的风景,竟是内心的淡定与从容。"

我们,曾如此期盼得到外界的认可,到最后才知道:"世界是自己的,与他人毫无关系。应景人间最有味,清淡欢愉自真切。"

生活,简单就迷人。人心,简单就幸福。心与心的相处需要默契,更需要包容和忍让。

人与人之间需要尊重和理解,更需要彼此对话时流露出来的舒服和真诚。成熟而准确的语言体系,是人类与动物最大的区别之一。

语言可以简单地表达自己的想法,让心情、意愿和感受之类的主观感觉通畅地进行传递。

说到底,语言不仅是声音,而且是输出我们思想的工具。

而好好说话是一种教养。建立在信任的基础上,舒服的交谈是一种愉快,也是作为朋友或知己的基准,能使精神愉悦,又能进行感情交流,何尝不是一种幸福呢?

生活中,和一个能好好说话的人沟通,或诉说,或倾听,是一种倾心的温暖!敞开心怀,拥抱幸福。温暖自己,关怀他人。体会人间真美味,感受人间真味。

春天
味美

春之韵,新叶觅渐浓。满园细雨润万物。门庭杨柳碧翠,阶前花草愈芬芳。鱼游遍池水则清,鸟鸣花香闹春来。

春天味美,我们的心情像花一样散发着香味,熏染着春天的脚步,就连那些无法预知的、无须刻意追寻的,一同收进春天的步伐里。那耐人寻味的香味或许会永远留在心里,待春天未央的梦幻里回眸那些时光夹缝中的流年,领会生活的美好和感动,领会泪水的咸涩和酸甜。

一场春雨的距离,或许被无限延伸到荒芜。可是谁又能知道,春天在落尽一地的繁华无法拾起之时,不必急着要求生活给予所有的答案,而是耐心等待。正如,抬头仰望,向空谷喊话之后也要等一会儿才会听见那悠长而空灵的回音,只要肯等一等,生活的美好,将随着春天的节奏盛装莅临!

在温柔的夜里,起一缕心香,在书本和音乐的韵律里让灵魂洒脱地绽放,在流云落水处细声轻摇那一泓夜的静远……

站在春天里,倚在杨柳岸边,对着镜子梳妆,微风拂过的湖面，蜻蜓点水悸动于心。让阳光清点冬季的萧瑟，将最娇艳、最芬芳都开成一朵幸福之花。层层花心荡漾出的一抹涟漪缱绻在季节的时光中，行走在春天里，给春天一个华丽的仪式，给春天一场时光的盛典，将心事搁置于一朵花叶之上。撇开远去的残冬聆听春的细语，将所有的旧梦都在春的时光里唤醒。凝望于柳芽的新绿里，带着浓郁的眷恋，抖落心事将遗憾丢弃，将希望装满眼眸，在候鸟飞过的天际里，给春天一个温暖的拥抱。

年华静好

在人生的旅途中，我们始终不能把所有的风景都尽收眼底，装在心间。也不能让所有的遇见都在生命中永远驻留。

生活，让我们学会了如何含着眼泪奔走相忘。

不管多么美丽的风景，都已在时光中风干成回忆。

学会放弃、学会遗忘，让心像向日葵一样向着阳光生长。

始终坚信，心若向阳，年华静好；心若坦然，岁月无恙。

人生经历风霜雨雪，青丝白发，唯有珍惜时光，扮演好生活里的每个角色。

花开堪折直须折，莫待无花空折枝……

有一次，在网上看见一张照片：地铁里，一位疲乏的老父亲在儿子怀中安稳地睡着。那个场景在我平生的印象中是第一次看到，当时心里除了敬佩、感动之外，别无他言；

年轻的父母轻搂着幼小的孩子，希望他快快长大，自己慢慢变老，人生依旧精彩如幕……

正如歌曲里所唱："我愿意用我的一切换你岁月长留……"

在这一世，没有什么比家人更重要的了，我愿意用一切，换取至亲至爱的亲人们健康快乐、幸福安康！

如今，父母年岁已高，总是希望有更多时间陪伴于左右。

昨日，想起了五十年前母亲为我扎小辫子的情景，温暖而幸福。

有时候，静坐在夕阳里回味生活。那些当我长大一岁的时光如云烟般逝去时，父母留给我们回报孝敬他们的时间跟随回忆少了许多，一年，一天或一小时，甚至一秒间……

曾经，我们都在努力让自己长大，不负光阴奋力奔跑，却又畏惧时间飞速流走的痛苦与纠结，犹如狂风吹我心，静挂冰灯树。感时花溅泪，恨别鸟惊心。

往事之幕

"春花秋月何时了？往事知多少……问君能有几多愁？恰似一江春水向东流……"

有人说，你相信什么，就会吸引到什么。这叫心想事成！在这个世界上，我们唯一需要突破的就是自己内心的障碍。所有目标的实现，都是潜意识的推动；所有成功都是来自于相信和自信。正如，心若相知，无言也默契。情若相眷，不语也相惜。感恩世间一切美好的相遇！

人生如梦，岁月无情。我们拥有的是一种心态和心情！不论穷富与得失，一切也只不过是过眼云烟，能够开心快乐就是不负最美时光。

我们一生都在追寻爱与被爱，行走在爱与被爱的旅程中，行走在万丈红尘茫茫人海中。当你发现，自己追寻的恰好是对方期待的，那将是多少福报修来的缘分呢？

往事之幕，又如空城。没有锁住你我的红尘，也没有留住你我的半壁江山。那一声再见，敲碎往事的梦幻。一句哀叹，尘封绝世的容颜。一滴清泪，抹去如花的笑靥。

往事之幕，以时光续写人生诗篇，沉醉在爱的留白里，伫立在窗前，将一世的往事纠缠在思绪里，镌刻在心田中。

犹如夜空的星星点点，打湿了我的泪眼。轻轻地靠近你，却不敢说出我的安慰语言；静静地看着你，怕惊醒你的甜蜜梦幻。可怜姐姐柔情无边，却无法拉回你，从悬崖峭壁边缘！宝贝儿，请不要再继续你的悲恋。你的悲凉，像星星的眼泪，落在我的心田，流淌在我的脚边……我的心，慢慢地、慢慢地沦陷。

你眼中还有期盼，你心中写满牵挂，你忧伤的字里行间，满满地写满思念，绝望充斥了你单薄的衣衫，你希望深夜孤枕难眠时，有谁关心你的笑脸是否灿烂？痴情男儿续新篇，一篇更比一篇怨，滴滴情泪湿衣衫，红颜心比冬雪寒！

往事一幕幕，唯有能说出口的恐怕只有——一切尽在不言中。

The way ahead is long, I shall search high and low.

幸福

荡漾

一抹红色仿如沸腾的血液般漫过深夜,而生活却像一枚硬币翻转停走不定。往日的平淡消失在视野的背面。而今夜,让我的灵魂悬空般回归于身体里,让琐碎和平庸淹没在时间的碎片中。

女人节,是我们今夜聚集号角的时间点……

愿你们妩媚性感的气息溢满心田,幸福如此这般就好!

"女人的温柔之气,如听箫声,如嗅玫瑰,如水似蜜,如烟似雾,笼罩着我们。你的一举步,一伸腰,一掠发,一转眼,都如蜜在流,水在荡。女人的微笑是半开的花朵,流淌着诗与画,还有无声的音乐。"

女人,一定要有扬在脸上的自信,长在心底的善良,融进血里的骨气,刻进生命里的坚强——3月8日这一天,致所有的女人们节日快乐!

沐浴

春雨

时光在不知不觉中流逝,青春在指尖上轻轻溜走。

黄土无情没半生,今日忽明方觉晓,且行且珍惜……

上帝,请给我一季暖风,撼动所有的思念。那瑟瑟作响的,是藏于内心的语言,抵过了万水千山;

上帝,请给我一朵花,只对着春心明媚写下几行字,那柳丝摇曳的纤柔里,多了几缕恬淡的芳菲。

上帝,请给我一窗幽,让阳光的情绪将所有的印记都明媚以透,以一盏清茶的余温氤氲时光的静美。

上帝,请给我一池静,看花影迷离,蝶舞飘随,万物韶华横生妩媚。

然后,我端坐清宁,在时间之外等你。

上帝,请给我一抹激情,让百万里红尘都静止,只倾听,你由远而近的脚步。

一程念,穿越了光阴的婉转,收集起一路的花瓣,待你涉水而过,于心的葱郁中就可站成一种温暖的永恒。

耳畔，是和风轻轻煦席；微雨，拂过昨夜修剪的新眉，发丝清扬，熏一朵带露的芳菲。而我，隐身在初阳明媚的光影里，只为等待……

只想，在陌上开出一朵静静的蕊，你若想起，就是岁月最美的莞尔。

天涯两端，用心恪守承诺，在不同的世界里供养一样的安暖。如此，你便是人间五月的烟火，如花一般绚烂。

上帝，请在母亲节这一天，赐予我亲爱的妈妈，全天下的妈妈吉祥如意，身体健康，寿比南山，福如东海……

风花

春月

清晨，漫步在极其安静的街角。眸底收揽一抹春色，冰清玉洁般不失俏丽。垂柳摇曳出早春时期的纤弱之态，尽显一簇娇娆的腰肢。柳芽初探，嫩绿的尖角似在戏语春天。

微风轻轻拂着叶尖上的露珠，缓缓滑落。樱花树盛开了满枝花朵，随风飞扬，飘飘散散落了一地，犹如尘埃聚聚散散。

挤进晨曦里的舞姿清新洒脱，仿佛曾经在梦里演绎过，又在黎明时分飞向风花水岸中，好似一只刹那芳华的蝴蝶，争艳在春天里，靓翘缥缈般唤醒了春的时节。

梦醒了，春天芬芳的气息正向我们迎面而来……

三月 春光

春光无限好,正是三月来。

一年之计在于春,而春之魅力在于播种。

正如,赶在时间的春天里,勤于付出。当一个人愿意付出和担当的时候,才是成长的开始;

当一个人能跳出事件客观分析和处理问题的时候,才是具有大格局的开始;

当一个人能调节和控制好自己情绪时,才是成为走向卓越的开始;

当一个人能学会照镜子,向内看,能够反思自己时,才是进步的开始;

当一个人能学会感恩感谢生命所给予的一切时,才是迈向幸福的开始!

3月4日,今天是个好日子。朋友发来简讯形容3月4日这一天!细细阅读,貌似很有趣味——"可以丢三落四,可以挑三拣四，可以说三道四，可以颠三倒四，可以勾三搭四，可以朝三暮四，还可以不三不四，一年也就这么一天可以逆天而乐，所以一定要珍惜啊！希望大家一起'三盟海四'！"

春天来啦

春天来了……

当第一缕春风轻轻吹过山林原野的时候,抬眼瞥见沉睡了一季的太阳正微微睁开曚眬的双眼,冰冻的河流渐渐地、缓缓融化,小溪寻着旧时的痕迹,叮叮、咚咚的从山谷穿过,盼望着迎春花一朵一朵穿上鹅黄色的衣裙,正羞涩地朝着太阳微笑的景象……

我在家门口远远眺望,海岸边的柳枝已开始长出浅浅的嫩芽,冬天残留的枯草下,似乎正望见一种希望在生长。

于是,迫不及待地开始采购五颜六色的鲜花种子……

春天真的来啦!

春雨从早晨开始悄然落下,细密如烟如絮,时而温柔时而狂躁,如爱人的唇瓣在耳边轻柔地拂过……

猜不透,早春是带着一种怎样的思念从季节那边走来,料峭寒风携着雨点飘落在屋檐上,带着谁的牵挂与守望一同落下……

有忆相陪

有人说过:"有一种美叫沉鱼落雁,有一种美叫闭花羞月,有一种美叫出水芙蓉。"

而唯美主义者的美,便是眼前的蓝色荷花,出淤泥而不染!即使尘埃满天依旧不失妩媚。

假如,思念是一种错觉,我愿意将错就错,一错到底……

在茫茫人海中相遇相识相知,就是缘。

在烟尘中流散失离却没有忘记,就是缘。

相遇,是一种幸福的劫难也是一种错误的美丽。相忘,是一段迷惘的开始,也是一段清澈的结局。

花舞花落泪,花哭花瓣飞。花开为谁谢,花谢为谁悲。

犹如鲁迅曾说过:"女人的脾气不适合太好,太通情达理会宠坏你身边心里没数的人,美好的一天让我们从上房揭瓦开始!"

岁月如梭

宇宙空间，季节的背后，好像总有一双看不见的手在用力翻转流年的记忆，岁月在季节反复的轮回中，斑驳着我们的容颜。没有任何力量可以抵挡住它匆匆交替的脚步，没有任何人可以挽留住岁月悄然唤醒青春，冬色未褪春装却徐徐迎风而来……

春，似乎正行走在路上，犹如我的梦也行在路上！

紧掬一把潮湿的泥土放在心岸，种上一颗希望的种子，让春雨淋湿它，让阳光温暖它，让它在我的心尖上柔柔的开出一朵小花，芳香我的记忆，装饰我的容颜，去点缀属于我的春天。

我知道，所有的花草、叶子和树木，都将和我一样期盼着春天的到来；所有在冬天里凝固的孤独和落寞，沉默与冥想，仿佛都是为了在春天，寻找一种生命的价值。

如果生命可以重来，往事可以遗忘，那么让我忘掉所有关于冬的寒冷记忆，愿我的心可以随着蒲公英自由地飞舞。

春天，请借我一对翅膀，让我自由地飞翔！只是，物是人非事事休，欲语还休泪先流……

真诚

默望

真心见真情，真情见真人。

人生的乐趣，在于守得住清欢，耐得住欲望，寻找一味入心足于一世隽永。

初见，始惊；渐次，痴醉；后来，回味无穷，日思夜念。

历尽风雨，洗尽铅华，转身成为静美，舒展便是从容。

尔后，散发出生命那一味饱含着清雅与甘甜，足以让人醉掉的心魂，沉恋于结庐在人境，怎舍得离去？

最持久的往来，莫过于用一味纯真恬淡来相交；离去时用一种简单雅致来告别，不需要轰轰烈烈，已是刻骨铭心。

这一味啊，盛泽着千秋韵美长存，意气风发越过千秋走过风雨，在荒凉处伫立成大气恢宏的身姿，其心藏琼抱真，敢与岁月共永。那般的落落大方，如此的从容不惊。一旦亲近，从此妄念俱灭，一味见禅。因此，所有的念念不忘，大多是当爱植骨髓里，分分秒秒都离不开。

念念不忘，往复思量。生活需要不停歇的与真诚默往，与韵美心交。觑见真味亲见自己，必有回响。

行者致心。心需觉醒，行有力量，方能散发出人生最荣耀的光芒。

行者，褪去浮华，悠见初心。敬畏生命，敬重一切！越过艰难险阻跨过山河无疆，笃定心安，温暖世间；致心，像上帝一样呵护好自己行走前进的心。把自己当成一颗种子，放置于心的土壤中，用一生去奋力萌芽，生长，开花，结果，行走在未知的远方里……

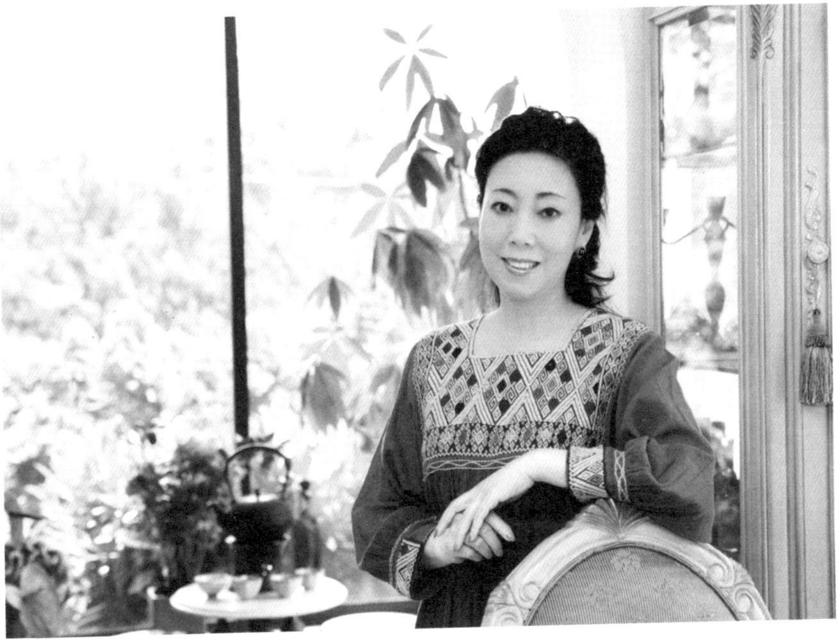

春花秋月

花开花落花无悔，缘来缘去缘如水……

湛蓝的天空中，燕子轻轻飞过。

心里幻想着，春天会带着很多美好的希望，随着燕子一同飞来。

闭上双眼，想象着泥土里，蕴藏着多少关于成长的渴望。

那么，冬的霜雨风雪是否也有一种爱在静谧酝酿。

任思绪极力揣测"绿草"之心事，当它穿过厚厚的泥土，带着浓郁的思念，在三月的微风中寻找前世记忆中那些匆匆而过的影子。紧锁在黑暗与尘埃里的那一抹往事，不知能否和着季节的风束，在春天再次唱起婉转而又优美的笙歌。

春天，是怀着希望，怀着憧憬，怀着一种莫名的躁动一同上路，在四季的轮回中，悄然期盼美好的到来。

孤绪

春愁

细雨绵绵

庭院深深

断续雀鸣

断续清风

无奈春雨长

心自惆怅

数声叹息

看花无语

绪思如水东流

细雨蒙蒙

梨花悠悠

一季暮春一季伤

青酒一杯

词一首

落花随水东流

几时回

无奈，无奈

静思觅，独徘徊……

生命，原本是一场宿命之缘。从起点到终点，注定灰飞烟灭，归于尘埃。

亲情、友情、爱情，有缘尘世；来过、爱过、痛过，学会坦然微笑相待。

韶华易逝，纵人情淡薄变幻，感恩真挚同行一程，享一世繁华喜乐。

往昔明日来，要留一份云淡风轻在内心，在宁静中感受那种淡如清茗的情怀，与滚滚红尘中难得的从容、淡定相遇，只要开心，足矣！缘深缘浅，且行且珍惜。

明媚春天

春雨淅沥人未眠,斟茶一盏饮中闲。低眉浅忆红尘事,心静浮起一念间。

阅读、写字,旅行、赏景,让心随着美妙的音乐一起飞舞,徜徉四方。

朋友说,正如近期华盛顿邮报评选出的十大奢侈品一般,滋润着读者的心田,细细品味人生真谛。

"生命的觉悟;一颗自由、喜悦与充满爱的心;走遍天下的气魄;回归自然,有与大自然连接的能力;安稳而平和的睡眠;享受真正属于自己的空间与时间;彼此深爱的灵魂伴侣;任何时候都有真正懂你的人;身体健康,内心富有;能感染并点燃他人的希望。"

"人生就是一本书,封面是父母给的,内容是自己书写的,厚度可能不完全由本人决定,但精彩程度却在于自己创造。至于有多少人阅读,就看你能影响多少人、尊重多少人、成就多少人!"

于是，当你遇见了一些人，经历了一些事之后，你会发现，世间万物犹如一朵朵翻滚的浪花，世事终无定，一切皆未央。

生命如莲，次第开放；富贵名利，过眼云烟。

生活不只是眼前的苟且，还有诗和远方。

人生，更像一棵树，想长得更高，向天空延伸得更远更阔，就要学会删繁就简，无论绿叶红花是多么绚烂繁茂，也要在冷静的暮秋，冰寒的冬天，理智地褪去繁华的外壳，借助风的刀斧斫去繁密的细枝，袒露自己，疗愈伤口，坚韧地、继续向土壤深处扎下根须，安然等待着下一个春暖花开……

在春暖花开时节，一定要学会常常微笑，都说常微笑的人运气不会差，幸福也常降临。在这个世界上，总有一颗心在期待、呼唤着另外一颗心。纵使千山万水，心与心之间的对话，可以穿越时空，远近相知；总有一种目光在等待，遥望着有你的地方，即使永难相见，魂与魂的相依，可以风雨共度，安暖相偎。

谢谢你深情的眼眸，温暖的微笑曾刻骨般慌乱过我最美的年华。此刻，即兴赋诗作词一首，以想念你的微笑！

今日翻忆旧时事，珠泪欹枕乌云坠。别时记忆被浪催，殉葬激情不重生。

窗外微风声声息，倚栏惆怅深吁气。知否？芭蕉叶底泪成河，回首是爱苍茫茫。流年已过万重山，能否再轮回？尽显湛蓝之天与深海，涛声依旧，情亦然！

LOVE / FOREVER

梅

墙角数枝梅,

凌寒独自开。

遥知不是雪,

唯有暗香来。

今天是情人节——2月14日,一个充满爱、浪漫与诗情画意的日子。恋人之间恨不得把所有的爱都在这一天表达给对方。

就如同你说过:"爱你,不是因为你的美。我越来越爱你,你的眼神触动我的心。你让我看见 forever 了解自己。未来的日子要好好珍惜!爱我虽有些痛苦与不公平。如果真的爱,那都不是理由和借口。就像此刻,能感受到你的呼吸在耳边,像微风温柔安抚我的不安定。所以,我要每天研究你的笑容,多么自然!love forever , forever love,我只想用这一辈子去爱你,从今以后,你会是所有幸福的理由!"

雪花之乐

二月末的纽约，依旧寒冷萧瑟，姗姗而来的雪花迎着寒风傲然绽放，漫天飞舞，素净不语。空气清冽，漫步在林间，能够感受到大自然的神韵。心头不由得浮现出伟大的诗人徐志摩先生的那首诗。

假如我是一朵雪花，翩翩的在半空里潇洒，我一定认清我的方向——飞扬，飞扬，飞扬，——这地面上有我的方向，不去那冷寞的幽谷。

不去那凄清的山麓，也不上荒街去惆怅——飞扬，飞扬，飞扬，——你看，我有我的方向！在半空里娟娟的飞舞，认明了那清幽的住处，

等着她来花园里探望——飞扬，飞扬，飞扬，——啊，她身上有朱砂梅的清香！那时我凭借我的身轻，盈盈的，沾住了她的衣襟，贴近她柔波似的心胸——消溶，消溶，消溶——溶入了她柔波似的心胸！

冬雪交融，万物肃静，仿佛世界寂静无声。朋友将这样一

行者致心

首打油诗微信予我，倏然间觉得别有一番风味。

下雪了

不知是冬负了雪

还是雪背叛了冬

你本该与冬为伴

却与春牵手

人们该赞美你的矜持

还是该指责你的姗姗来迟

你若与冬同行

或许会更幸福一些

因为冬会用它的寒冷延长你

美丽的生命

可是你却爱上了春

尽管你漫天飞舞

也将很快被融化

或许，这一切都是天意

细雨霏霏

聆听春天的脚步与绵柔的细雨声，身在山峦青黛彩云影。万物萌生一幅画，双飞归来几燕莺。暗香浮动韵柳岸，思念温馨素笺中。诗意盎然句已醉，田野草绿桃花红。

光阴的诗篇，从来都不是来自于某些性情的孤绝与隐忍。用最美的心念编织出文字的弧线，然后无所顾忌的谱写出纯美的语言，心海里泛起波澜，装点了春天绚丽的画面，就如那一年盛大的遇见。

曾经许诺，不管沧海桑田如何变迁，不问岁月怎样千回百转，就让心事落幕在有你的麦田。

而后，我回身望去，你就依着小桥流风，在那白墙碧瓦深处，让我不止一次地泼墨瞥见时光的惊艳。

红尘纵使跋涉不过命运的水岸，但我愿用素心播种一朵心莲，以终其一生的顾盼落入你眼底的缠绵，等尘世冷风吹过了画卷，等思念泛白在指间，等般若菩提度我之后，在清宁之中，缄默如烟。

昔我往矣，杨柳依依。今我情思，细雨霏霏……

感恩常在

品味年轮，若以百岁为数，与我同龄之人已过半百。

今天是感恩节。感恩之礼、感恩之人非常之多。

走过蜿蜒迂回、精彩浮华之路，领略人生旅途、四季风景之变幻，随年轮叠加，不以酸甜苦辣品人生，但至少轻松快乐应该愈来愈多，适时学会做减法，化繁为简。

若到此，贪念越来越多，心里垒装的包袱就越多，人越是寸步难行。所以，学会放下，轻装前行。

犹如在某个荣耀时刻，耳边时常响起小时候妈妈的谆谆教诲："任何时候都不要忘记微笑面对一切，学会感恩报德，不要丢了棍子打花子……"

感恩，是我们一生的课题；常怀感恩报德之心，一生无怨无悔！

人间处处是风景，也请不要低估任何人。因为每个人身上都有我们可学之处。如果没有发现，可能是人们常说的——只怪你眼拙。

温和对待他人，不随意发脾气。而且，世上本就没有相互亏欠，而一旦因发脾气伤害了对方，那便是有了一份亏欠；更不要把痛苦放大，痛苦只是自己内心暂时的感受，此一时彼一时，你就会发现伤害对己对他人都是最不值得之举。所以，人生在不忘感恩报德之际，还一定要学会忍耐之性。

人生得意时莫炫耀，失意时莫气馁。花无百日红，人无百日衰。不嘲笑他人的努力，不轻视他人的顽强，不非议他人的选择。不轻一人，不废一物。以一颗谦卑的心，看身边的人；以一颗恭敬的心，看待身边人和事。

是是非非，纷纷扰扰，不看、不听、不想、不议，就能心生清静。有些事无需计较，时间会证明一切；有些人无需理会，道不同不相为谋。世间事，世人度；人间理，人自悟。面对纷繁，微微一笑，豁达面对。坦然淡然，万般皆自在。美好的一天从感恩自己开始！祝福大家感恩节快乐！

将千言万语汇成一首歌，名字叫感恩；将千恩万谢编成一首诗，名字叫祝福。感谢一世中的遇见，感恩一生中的陪伴，感激一生友谊长存，感恩父母亲友，感恩世间万物，祝福大家永远开心快乐！

春节序曲

人生最幸福的事之一就是有人想着,陪着,伴着,共度美好时光!

每一个人都是一本书。有时候,这本书的内容描写单纯、天真、善良,也有描写青春骚动、成长之痛,也有描写圆滑、唯利是图等等。总之,人生就是各种各样、各色各异的书本。

读者比其它任何学科、任何语言文字写成的书都难以读懂。

我的这本书,首先自己认认真真地读了多年,至今也只是断章取义、略知皮毛。

古往今来,多少人用一生都在装订、研究自己的这本书……

人生百态,本着睿智与从容为好,放眼苍穹,虚而不颓废,实而不浮华。倘若,人生真正的幸福,一定要经历一场厮守,而非速配和速朽。感情是经过漫长的时间相处,你爱上他笑容里的温柔,爱上他骨子里的善良,而不是一秒之间,你爱上他跑车的酷炫,爱他手表上的镶钻……如果可以有一个空闲,有一个很好的去处,能称之为心灵家园的地方,我愿我是那个谦和温良的小画童，将美好的世间万物尽收眼帘，使山山水水、花花草草，都成为我笔下浓重的色彩，用心描绘雕琢，只为迎接你的路过……

愿君开心每一刻每一秒！2017我在此献上衷心祝福，鸡年吉祥！

一缕阳光

《行者致心》——诚心记录生活中一个个阳光普照的日子,用心描绘太阳亲吻花朵般丝丝缕缕的喜悦。将那些潜伏在字里行间的誓言与真谛,旖旎于岁月尘埃中。时光的小舟,划起波光粼粼般的轻柔诗句,将所有的往事都轻吟成一首独特的歌谣,咏唱出属于自己人生的曲调。不管有多少姹紫嫣红,唯有吾心不能万古荒凉。在此,请容我挽起记忆的双臂,给岁月一个深深的拥抱。静静地凝望着过往的沧海桑田,将芳华间的流年装进岁月的典藏之中,汇写成诗集,展现在你的面前。不失娇羞与天真,温存浪漫参带苦涩,有千姿百态,更有数不尽写不完的心声与你共勉。

仰目叹息!人生如梦。确总有一种灵魂静默相契。站在如约的渡口,共赴一场精神盛宴。人世间,总有一种温暖,即便在刺骨的寒风里也能会心地携起一缕暖阳,照亮人生旅途与未知的前方……

至此,细品约翰·班扬的这句话,颇有感触。

"假如我的生命不结出美善的果子,谁赞赏我都没意义。假如我的生命结出很多美善的果子,谁批评我也没意义。"